イオーラ
Iora

クラーテス
Clartes
illustration:Kuga Huna

レオニール
Leoniel

アーバイン
Arvine

エイデス
Aides

ウェルミィ
Wellmy
カーラ
Karla

PRIDE OF
A VILLAINESS
悪役令嬢の
私の破滅を対価に、最愛の人に祝福を。
矜持
【悪役令嬢の矜持】
メアリー＝ドゥ
illust.
久賀フーナ
{1}

｛表｝私の破滅を対価に

contents

PRIDE OF A VILLAINESS

｛裏｝最愛の人に祝福を

{表}

私の破滅を対価に

PRIDE OF
A VILLAINESS

1 ✦ ウェルミィとイオーラ

『エルネスト伯爵令嬢、イオーラ！　お前との婚約を破棄する！』

シュナイガー伯爵令息であるアーバインが、学園の卒業パーティーで嘲《あざけ》るような笑みと共にそう宣言した時。

エルネスト伯爵令嬢であるウェルミィは、ひどく爽快な気分だった。

アーバインに肩を抱かれて、視線を向けた先にいるのは、同い年で腹違いのイオーラお義姉様。

たった今婚約破棄を告げられた彼女は、悲しげに目を伏せていた。

『お前のような地味でつまらない上に、不細工な女ではなく、俺はウェルミィと婚約する！　これは、エルネスト伯も了承済みの話だ！』

それを聞いて、お義姉様はどんな気分だっただろう。

ガリガリに痩せた体に、くすんだ灰色の、伸ばしっ放しで枝毛だらけの髪。

高価ではあるが、太い黒縁のダサメガネ。

その目の下には濃いクマがあり、肌は不健康に荒れて青白い。

着回して色褪《あ》せている上に、元々地味なドレスは型遅れの時代遅れで、身につけているのは古く安い装飾品。

反対に妹であるウェルミィ自身は、小柄で健康的で、淡く明るく輝く艶めくウェーブがかったプラチナブロンド。

猫のような朱色の瞳に、庇護欲をそそると言われる美貌。

綺麗に磨かれた真っ白な肌に、流行最先端を行く新調した美しいドレスを纏い、晴れの日に相応しい輝きを放つ高級な装飾品を身につけている。

学業成績も芳しくなく、中の下程度のお義姉様と、上から数えた方が早い成績のウェルミィ。

――本当に、どんな気分なのかしらね……。

想像すると、愉快過ぎて口元が緩んでくる。

この卒業パーティーに来る時、アーバインは先ほどまで婚約者だったお義姉様ではなく、ウェルミィをエスコートした。

婚約者が別の女……それも義妹と連れ添って先に入ったことで、後からたった一人で入ってきた彼女は、その時点で嘲笑に晒されていた。

――可哀想なお義姉様。

アーバインに婚約破棄を告げられた後、『承知いたしました』と一言だけつぶやいて。
頭を下げて出て行くお義姉様を、数少ない友人である子爵令嬢と貧乏男爵令息が一人ずつ追っていったのが、気に入らないと言えば気に入らなかったけど。

――私を恨んで、心底憎めばいい。

そんなみじめで哀れなお義姉様との生活も、今日で終わりになる。
卒業パーティーの婚約破棄事件から、たった半月。
2階のバルコニーから見下ろしたお義姉様は、一人で暮らしていたオンボロの離れから静かに出てきて、わずかな手荷物と共に門へ歩き出した。

彼女は、お父様の手によって今日、売られていく。

『持参金不要、支度費用も出す』……そう打診してきた相手の元へと。
もっとも、支度費用は建前で、実際は全てお父様の懐に入るのだ。

そんなお義姉様に従うのは、オレイアという名の、幼少の頃から一緒に離れに押し込まれていた侍女だけ。

見送りは、満面の笑みで見下ろしているウェルミィと、家令のゴルドレイだけだ。

『役に立たない』『愛想がない』『美しくない』『だから嫁の貰い手もない』……と、散々罵倒されていたお義姉様は、古く小さな馬車で、新たな婚約者の家へと送られる。

相手の名は、エイデス・オルミラージュ侯爵。

通称、冷酷非情の魔導卿。

女嫌い、社交嫌いで有名な彼の元へと『どんな扱いでも構わない』という一筆を書かされて。

魔導卿は、絶世の美貌と当代随一の魔力を持つ、才能と権力はあるが残忍な男だ、というのが、社交界での評判だった。

この話を聞いたら、これから先のお義姉様には、凄惨な不幸しか待ち受けていないだろうと、噂になるに違いない。

すぐに捨てられるか。

彼の魔術の実験台にされるか。

あるいは、暴力を振るわれて今以上に見る影もなくなるのでは、と。

そうでなくとも、後ろ盾もなく美しくもない彼女は冷遇され、社交界では嫉妬と嘲笑に晒されるに決まっている、と。

昨夜、お父様はお義姉様に『捨てられても帰って来るな、この家にもうお前の居場所はない』と告げていた。

お義姉様は、ウェルミィに継承権まで奪われて廃嫡された上に、家を出されるのだ。

そんな彼女を乗せた馬車が去っていくのを見届けて、軽い足取りで本邸の中に戻る。

卒業パーティーが終わってからずっと、良い気分が続いていた。

今日は中でも、最高に清々しい。

——さようなら、お義姉様。

今日は着飾って、高価な宝石のアクセサリーを買いに行こう。

お義姉様を売って纏まったお金が入って来るのだから、少しくらい贅沢したってお父様は笑って許してくれるはず。

ウェルミィの人生は、輝いていた。

半年後に、断罪されるまでの間も、ずっと。

※※※

ウェルミィ・エルネストは、平民の生まれだった。

その頃は姓もないただのウェルミィで、貧しくはないが豊かでもない暮らしを、母としていた。

母は、伯爵の愛人だったから。

転機が訪れたのは、8歳の時。

エルネスト伯爵であるお父様の前妻……イオーラお義姉様の母親が病気で亡くなり、後妻として
ウェルミィの母が招かれたのだ。

平民が伯爵の妻など、親戚中に認められなかったらしいけれど、お父様は押し通した。

その代わり、全ての親戚筋から縁を切られてしまったそうだ。

エルネスト伯爵家の凋落《ちょうらく》は、そこから始まっていたのかもしれない。

最初会った時、イオーラお義姉様は、見事な礼儀《カーテシー》を見せた。

艶めいて流れるように美しい灰銀の髪。

魔力の強さを示す、真の紫に煌めく知性的な瞳。

まるで光り輝くような美しい肌の、貴族の娘。

微笑みと共に名乗った同い年の少女は、輝いていて。

なんの苦労も知らなそうな、無垢な瞳で、ウェルミィを見つめた。

『よろしくね、ウェルミィ』

母を裏切っていた父親の、妾の子に、そう声をかけて微笑んだ彼女は。

その時、どんな気持ちだったのか。

なるべくウェルミィに優しく接しようとするイオーラと、彼女を連れ回して振り回す自分。

そんなお義姉様と、自分の扱いが変わったのは、10歳の時だった。

時折見えていた、父母のお義姉様とウェルミィに対する愛情の違い。

決定的になったのは、お義姉様と共に遊んでいたウェルミィが川に落ち、高熱を出した時だった。

父母は、お義姉様を責めた。

『お前が遊びに誘ったせいで、ウェルミィが』と。

それから、だんだんお義姉様と遊ばなくなった。

最初は、ウェルミィが欲しがった持ち物が取り上げられた。

お義姉様の母親の形見の宝石は、自分のものになった。

その後もお義姉様は、躾《しつけ》として食事を抜かれるようになり。

やがて、お仕着せを着させられ、まるで召使いのように家事をして、食卓を共にすることがなくなった。

その頃から、ウェルミィはお義姉様の容姿にケチをつけ始めた。

『ねぇお父様、お義姉様の髪の色、目の毒だわ』

そう伝えると、彼女は髪を染めさせられ、梳《す》くことすら許されなくなって、枝毛まみれのくすんだ灰色になった。

『ねぇお母様、お義姉様が睨むの。もしかして目が悪いんじゃないかしら』

そう伝えると、彼女はゴツい黒縁メガネをかけさせられ、外すことを禁じられた。

痩せて、見窄《みすぼ》らしい身なりになったお義姉様を見て、ウェルミィは満足して、最後に告げた。

『ねぇ、お父様、お母様。私、あんな汚いお義姉様は見たくないわ』

召使いのように、家事をして働かされることがなくなる代わりに、お義姉様は、夏は暑く冬は寒い離れの中に押し込められ、勝手に出ることは許されなくなった。

お義姉様の部屋は、ウェルミィの部屋になった。

彼女が見窄らしくなればなるほど、ウェルミィは綺麗になっていった。

高価なドレスを与えられ、王女にも見劣りしない美しさと称えられた。

天使の輪のように輝く、太陽の髪だと褒められた。

見る人を明るい気持ちにさせる、鮮やかな宝石だと、朱色の瞳を賞賛された。

やがて貴族学校に入る歳になる直前、お義姉様はアーバインと婚約した。

次男坊であるアーバインの実家、シュナイガー家は陞爵《しょうしゃく》したばかりの、裕福な伯爵家だった。

エルネスト伯爵家とは、元から親交があったそうだ。

『昔見た美しいイオーラと婚約したい』という、婿入りの打診に両親は喜んで応じたが、お義姉様とは会わせなかった。

貴族学校でお義姉様と顔を合わせたアーバインは、明らかに落胆していた。

そして、折に触れて周りに愚痴を漏らし続けた。

『イオーラが、あんな女になっていると思わなかった』、と。

明らかにお義姉様を毛嫌いし、話しかけられても邪険に扱うアーバインの様子を見て、ウェルミィは即座にすり寄った。

甘えて、好意を示してやれば、彼は鼻の下を伸ばして誘いに乗った。

お義姉様には『学校では、私やアーバイン様に近づいて来ないで』と伝えていた。

だから一緒にいることはなかったけれど、たまに学校ですれ違う時は、これ見よがしにアーバインにもたれて、仲睦まじい様子を見せつけた。

『ウェルミィだったら良かったのにな』と、アーバインが言うたびに、笑みを見せた。

唯一、『義姉の婚約者にベタベタ引っ付くのはどうなのか』とウェルミィに意見してきた子爵家の令嬢、カーラには『そんなに礼儀正しくしていたいのなら、お義姉様とでも一緒にいたら？』と取り巻きの親交から排除した。

はべらせている子女たちは、皆、ウェルミィの味方だった。

その上、婚約者であるアーバインが率先してお義姉様の悪い噂をばらまき、貶《けな》すことで、彼女には学校でほとんど友達がいなかった。

でも、たまに学校の図書館で、レオという貧乏男爵令息と一緒にいるのを見かけた。

彼女は、しばらく前からお父様に家の仕事を押し付けられ始めていて、調べ物のために、図書館に行く機会が普通の学生よりも格段に多かった。

貴族学校で過ごす時期を半分も過ぎた頃には、お義姉様は書類や領地運営の雑用を離れでほぼ全て任されることになり、常に寝不足のようだった。

その合間を縫うような僅かな逢瀬も、アーバインに邪魔させた。

彼は『人の婚約者に勝手に話しかけるな』と、その時だけお義姉様の婚約者面をして……『自分のものだ』と所有権を主張した。

アーバインにとってはきっと、惜しくもないだろう繋がりを盾に、お義姉様を孤立させるように動いていた。

やがて、お義姉様も仕事に慣れたのか、図書館に行くことは少なくなり、レオの姿を側で見かけることもなくなった。

そうなれば、ますますお義姉様はくすんでいく。

しかしある日、目を盗んでお義姉様と話をしていたらしいレオが、生意気にも意見してきた。

『イオーラを嫌うのなら、何故そこまで構うんだ？』

その真っ直ぐな目が気に入らなかったので、ウェルミィは薄笑いを浮かべて答えた。

『貴方のごとき臆病者には、あんなお義姉様でも勿体ないからよ』

アーバインに対しては、反論も出来ない程度の小物。

その頃には、もうアーバインが両方の親に掛け合って婚約者を変えてくれるよう願い出ている、ということは、公然の秘密だった。

相手は、もちろんウェルミィで。

お父様もお母様も、跡取りの地位を、お義姉様からウェルミィに移すように動いていた。

だからと言って、曲がりなりにも伯爵家の娘に、臆病者が釣り合うと思うのか。

それが彼に対する認識だったが、彼は何故かウェルミィの言葉に少しだけ驚いていた。


――万一にでも貞操を疑われたら、お義姉様が高く売れなくなるしね。


表面上は問題なく、人身売買する方法など幾らでもある。

お義姉様は、見た目は見窄らしくとも伯爵令嬢だ。

少しでも高く買ってくれる相手を見つけるための夜会で、ウェルミィは偶然、魔導卿に出会った。

ぶつかり、抱き止められたのだ。

恐ろしいほどの美貌と、底冷えするような表情の男は、姉と同様に魔力の高さを示す、青みがかった紫の瞳を持っていた。

個人的には、彼のことなどどうでも良かったはずなのに、何故か気に障った。

何を勘違いしたのか、その後もジッと魔導卿を見つめるウェルミィに『俺以外の男に見惚れたのか』とアーバインが拗ねたので、もたれかかって甘え、なだめるのが面倒だった。

それからも、ウェルミィは。

お母様と共にアクセサリやドレスを買い漁り、侍女に肌を磨かせて、ますます美しさに磨きをかけた。

さらに、お茶会や夜会での立ち振る舞いに加え、美しさや人望、成績すらお義姉様より下になることは許されない。

ウェルミィは、全てにおいて、お義姉様を上回らなければいけないのだ。

だから、お義姉様に提案した。

頭がウェルミィより良いのを、認めていたからこそ。

『ね、お義姉様のレポート課題は、全部私の名前で出してね。私の課題は、お義姉様の名前で出すから』

にっこりと言うウェルミィのお願いを、お義姉様に拒否する権利はなかった。

流石に筆記試験は自分でやらなければいけなかったけれど、睡眠を削って、領地の仕事を手伝って時間もないお義姉様と。

自由に時間を使える上に、レポートも適当でいいウェルミィでは、当然ながらウェルミィの方が有利だった。

そうして結局、お父様やウェルミィに使われ、卒業パーティーで全てを失い、挙句に魔導卿に売られていったお義姉様のことは心の隅に一度追いやり、結婚に向けて準備していた。

そんな半年後のある日、ふと、噂を聞いた。

お義姉様が、魔導卿と仲睦まじい様子で夜会に現れたという噂だ。

見違えるほど美しくなった、という話を、ウェルミィは鼻で笑ってみせた。

アーバインも『そんなわけないだろ』と笑っていたが。


ウェディングドレスを仕立てるために向かった先で、ウェルミィはお義姉様に会った。


美しく流れるような灰銀の髪と、紫の瞳と、輝くような肌を取り戻し。

まだ細いけれど、今までに比べればずいぶん健康的な体つきになり、あの凍てつくような美貌の魔導卿の横に、ひっそりと佇んでいた。

『あれが、イオーラ……？　嘘だろう……？』

と、アーバインは呆然としていた。

二人はすぐに最高級の服飾店へ入っていき、別れてからもしきりにお義姉様を気にする彼を、ウェルミィは不機嫌になって、無視した。

お義姉様がいなくなってから、ウェルミィまでお父様の仕事を手伝わされるようになり、しかもあまり金を使うなと、口うるさく言われるようになった。

どんどん忙しく、貧しくなる生活。

金を使わせたくないお父様と、気にせず使うお母様の喧嘩も絶えなくなってきた。

ウェルミィは忙しさから寝不足になり、家の中はギスギスして、アーバインとの仲も少々悪くなっていて。

それでも、結婚式が近づいてきた時期に、気分が高揚して来ていた最中。

魔導卿から、何度催促しても支払われなかったお義姉様の支度金について『話がある』という打診と共に、婚約披露の夜会への誘いがあった。

父母とウェルミィは、極力身を着飾って、魔導卿の屋敷へと赴いた。

その先に待つ、絶望に気づかず。

まだ、希望があると信じたままで。

※※※

夜会の場には、多くの人たちが集められていた。

貴族学校で知り合った取り巻きたちの顔もあれば、ウェルミィに意見してきた子爵令嬢のカーラや、レオの顔まである。

それぞれの親らしき人物や、誰でも知っているような高位貴族の顔までも。

やがて、一人で来客の対応をしていた主催の魔導卿が、人々に告げる。

「我がオルミラージュ侯爵家の、婚約者を紹介しよう」

そう言って魔導卿に手を引かれて現れたのは、見違えるように気品があり、美しい装いのお義姉様だった。

まるで女神のようだ、とざわつく周囲。

そうして、この夜会の主役であるイオーラお義姉様と、魔導卿のファースト・ダンスが始まった。

誰もが息をほう、と吐いて、そのあまりにも優雅な踊りに見惚れていた。

お父様は驚愕に目を見開き、お母様は憎悪を込めた瞳で、お義姉様を睨みつける。

アーバインは、食い入るようにお義姉様を見つめていた。

自分が逃した獲物が、どれほど大きかったのかを、悔いるかのような表情で。

ダンスが終わり、魔導卿が挨拶すると、周りが沸き立って賞賛を口にする。

晴れやかな微笑みを浮かべるイオーラお義姉様の横に、自然に、まるで護衛のようにそっと付き従うカーラとレオの姿が見えて。

ウェルミィは、口元に笑みを浮かべながら進み出る。

「あら、お義姉様……そんな地位の低い者たちを従えて、恥ずかしくないのですか？　せっかく着飾って得た品位が下がりますわよ?」

その発言に、周りがシィン……と静かになった。

カーラとレオは、こちらに冷たい目を向けていたが。

それよりもさらに底冷えのする、魔導卿の青みがかった紫の瞳が、ウェルミィを捉えていた。

そして、お義姉様が悲しげに目を伏せる。

「ウェルミィ……彼らはわたくしの大切な友人よ。そんな言い方はしないで」

「あら、事実でしょう? 度胸くらいしかない子爵令嬢と、臆病者の貧乏男爵令息。まぁ、エイデス様の横に相応しくないお義姉様には、お似合いかもしれませんけど」

「口を閉じろ、ウェルミィ・エルネスト」

絶対零度の声がかかり、思わず口をつぐむ。

「イオーラを侮辱する言葉を、この場で吐いて無事で済むと思うのか?」

「あら、どういう事ですの? エイデス様。私は事実を述べただけですのに」

媚びるような笑みを浮かべて、ウェルミィは告げるが。

その無表情を微塵も動かさないまま、魔導卿は淡々と続けた。

「お前に名前を呼ぶことを許可した覚えはない。――――イオーラを虐《しいた》げ続けた、愚か者が」

魔導卿の発言に、ウェルミィは笑みを深くする。

「あら、誤解ですわ、エイデス様。私はお義姉様を虐げてなどおりません。どなたに何を吹き込ま

れたのか知りませんけれど……」

本当に困った風に、頬に手を当てつつ、お義姉様を含む三人に目を向ける。

「名前を呼ぶなと言ったはずだが、耳も聞こえないようだな。貴様ら一家の悪行は、全て調べを終えている」

「そんな、怖いことをおっしゃらないでください。私たちは、何もしておりませんわ。ねぇ、お父様、お母様」

ウェルミィが振り向いて同意を求めると、父母が勢いづいてコクコクと頷いた。

「そうです、魔導卿！　我々はイオーラを虐げてなどおりませんぞ！」

「むしろ、その子が働きもせずにお金ばかり使って、困らされていたのはわたくしたちですわ」

「全く、魔導卿の同情を引いて身綺麗になっただけで、中身はまるで変わっていないようだな、イオーラ！」

しかしその言葉は、魔導卿の胸を打たなかったようだった。

むしろ、酷薄な冷たさを備えた笑みをうっすらと浮かべて、目を細める。

「ほう、良いだろう。……ではほんの余興として、お前たちの罪を、一つ一つ暴いてやるとしよう」

そんな魔導卿の言葉に。

ウェルミィは、心からの喜びに打ち震えて、思わず緩みそうになる頬に力を込める。

これから、断罪が始まるのだ。

――全て、ウェルミィの狙い通りに。

2.狙い通りの断罪劇

「ウェルミィ・エルネスト。事の始まりは、君が川に落ちた事だったそうだな？」

魔導卿に問われて、ウェルミィは当時のことを思い出していた。

それは、鮮やかに残る中でも、二番目に古いお義姉様との記憶。

一番古い記憶は、もちろんお義姉様と出会った時で。

――綺麗。

その時、こんなに美しい女の子が、この世にいるのかと、ウェルミィは思った。

とても優しくて、当時の彼女が自分をどう思っていたのか、なんて、思い至ることは出来なかったけれど。

仲良くしてくれるのが嬉しくて、一緒に遊んでいた。

その頃にはまだ、イオーラお義姉様の母親の侍女をしていたという、婆やがいて。

二人を見守ってくれていた。

そう、あの二番目の、川に落ちた記憶は、その婆やがいなくなってすぐのことだった。

もう高齢で体が動かないからと、名残惜しそうにウェルミィたちを置いて出ていった婆やは、最後に二人の頭を撫でてくれた。

『仲良く過ごされて下さいねぇ』

と。

その婆やが亡くなったと聞いたのは、それからたった2ヶ月後の冬の時期だった。

綺麗な石を拾うのが昔から好きだったウェルミィは、川に落ちた日も、新しい侍女のオレイアと、お義姉様を誘って出かけた。

そして、少し行きにくいところに見つけた川べりの石を拾いに行ったのだ。

危ないから、と引き止めるお義姉様に、大丈夫よ！　と告げて……コケでぬめる石を踏んで、足を滑らせた。

浅いところだったから良かったけど、ずぶ濡れになって、ウェルミィは熱を出した。

ぼんやりする意識の中で、『お前のせいだ』と、枕元でお義姉様を責める父母の声を聞いた。

『違うのよ、お義姉様は止めてくれたのよ』とウェルミィは言ったのに、無視された。

そして、霞む視界で見た、その時の父母の顔に、ゾッとした。

彼らの目が、嗤《わら》っていたから。

まるでようやく、お義姉様を責め立てて虐める理由が出来たとでも言わんばかりの、表情で。

顔は怒っているけれど、内心で悪魔のような笑みを浮かべているのが、何故かウェルミィには分かった。


——この人たちは、誰？


まるで、知らない悪魔が父母に乗り移ったかのように、ウェルミィには感じられた。

お義姉様は、悲しい顔で俯くばかりで、それに気づいていない。

やがて、彼女を詰《なじ》ったり叩いたりするのに飽きたのか、父母は出ていき。

それからお義姉様は夜通し、オレイアと一緒に、ウェルミィの看病をしてくれた。

優しいお義姉様。

健気なお義姉様。

ごめんね、と口にする彼女の頬は、お母様に叩かれて痛々しく、赤くなっていた。

――怖い。

ウェルミィは、自分を守るかのように怒ったふりをしながら、熱のある自分を放っておく父母が、恐ろしかった。

そんな彼らの悪意が、イオーラお義姉様に向いていることが、何よりも。

彼らの手から逃れたお義姉様をチラリと見たウェルミィは、魔導卿に向かって嘘を吐く。

「怒られて、当然のことですわね。だって私は、お義姉様のせいで川に落ちたのですもの」

「イオーラが連れてきた侍女は、そうは言っていないがな」

あの日、一緒にいた侍女。

お義姉様が魔導卿の元へ赴く時にもついて行った、二歳年上のオレイアア。

そういえば、彼女の扱いがひどくなったのも、あの日からだっただろうか。

だから、離れに行くお義姉様の専属侍女にしろと、両親に伝えたのだ。

魔導卿が目を向けた先、男爵たちのさらに後ろから静々と進み出てきた黒髪のオレイアアは、静かな目でウェルミィを見ていた。

だから、あえて忌々しげに顔を歪める。

「あら、オレイア……貴女、そんな嘘をついたの？」

「嘘ではありません、ウェルミィ様。あの日は、お嬢様が止めるのも聞かずに川べりに向かった貴女様が、勝手に落ちたのです」

ハッキリと、凜とした声音で告げる彼女から目を逸らし、ウェルミィは魔導卿を見る。

「こんな仕事の出来ない侍女の言葉を、真に受けられますの？　エイデス様ともあろう人が……」

何度言われようと、名前を呼ぶ無礼をやめないウェルミィに、何を思ったのか。

それを口にすることはないまま、彼は話を先に進めることにしたようだった。

「そうして、イオーラを虐げ始めたお前たちは、彼女のものを何もかも奪ったのだろう？」

それをさせたきっかけは、間違いなくウェルミィだった。

何故なら、両親のお義姉様に対する扱いは、日に日にひどくなって行ったから。

最初は、彼女の物を取り上げるところから始まった。

ウェルミィが、お義姉様の胸元に下がるネックレスを『いつ見ても、とっても綺麗ね』と声をかけた時。

お義姉様が何かを言い返す前に、お母様が言ったのだ。

『そうね、それはきっと、ウェルミィの方が似合うわね』

と。

そんなつもりはなかった。

目を見張るウェルミィ以上に、お義姉様は顔を青ざめさせていた。

『それは母の形見だから』と、泣きそうになりながらお義姉様が訴えても、お母様は聞かず、呆然とするウェルミィに手渡された。

『今日から、貴女のものよ』と言われても、反発しか浮かばない。


――違う。これは、お義姉様のものよ。


内心でそう言っても、これをこっそりお義姉様に返したら、きっと『盗んだ』とでも言って母が怒るだろうことは、簡単に想像出来た。

だから、悲しそうなお義姉様から目を背けて、部屋に持って帰って、宝物入れの一番奥に入れた。

いつか、大人になって、大丈夫な日になったら、返そうって。

お義姉様のドレスも、何もかも、その日からウェルミィのものになっていって。

着られなくなったものは返しても意味がないけれど、それ以外の小物なんかは、全部全部、仕舞い込んだ。

――そうして、お義姉様が出て行く日に。


ウェルミィは、自分の持ち物を宝石に換えて、袋に詰めた。

もちろん、お義姉様の母が遺した、形見のネックレスも。

それをそっと、オレイアに手渡して命じた。

せいぜい悪辣な笑みを浮かべて、『お義姉様が盗んだように、荷物の中に仕込みなさい』と。

何もかも奪った、という魔導卿。

彼の言葉に対する反論として、あらかじめ用意していた策が役に立つようで、ウェルミィは満足しながら口を開く。


「奪った？　盗人のような真似をしているのは、お義姉様の方ではなくて？」


ウェルミィが思った通りに、お義姉様は今日、形見のネックレスを身につけていたから。

「あのネックレスは、姉が私にくれたものですのよ、エイデス様。それがなぜ姉の首にかかっているのです？　……家を出るときに、盗んだのではなくて？」

その言葉に、周りの貴族たちがざわめくが。

魔導卿はそれを一笑に付す。

「彼女の持ってきた宝石類には全て、魔術による隠蔽を施された、所有者刻印が刻まれていた。……〝イオーラ・エルネスト〟とな」

その言葉に、さらに周りがざわめく。

ウェルミィは、ギリ、と奥歯を噛み締めて眉根を寄せた。

「ゴルドレイ……！」

わざとらしく、家令の名を口にする。

宝石類を買い込む時は、常に今はこの場に居ない彼を連れて行っていた。

あるいは家に宝石商を招く時は、彼をそばに居させていた。

換金した日も、勿論。

――その宝石類に刻む所有者刻印の名称は、全てウェルミィ自身が署名したもの。

こういう反論を受けるためであり、同時にお義姉様に少しでも財産を残すために。

きっとウェルミィの態度で、周りは『家令がそう計らった』と思うだろう。

この後に起こるさらなる断罪を知れば、きっと彼らはゴルドレイを悪くは言わない。

虐げられた正統な爵位継承者の為に、忠実な家令が行動したと思うだろうから。

「謂《いわ》れなき罪までイオーラに着せようとする……浅ましいことだが、浅ましいだけあって、詰めが甘いな」

魔導卿の酷薄な笑みに、内心同じような笑みで応じながら、ウェルミィは悔しげに顔を伏せてみせた。

断罪劇は、まだ続く。

この程度は、本当に序の口なのだから。

※※※

「物を奪った後は」

魔導卿は、さらに話を続ける。

「髪を染めるように強要し、メガネをかけさせて顔を隠し、粗末な服を着せて使用人のようにこき使ったのだろう？　挙句に、離れに押し込めた」

全くもって、それは事実だった。

ウェルミィが自らの意思で、両親に行わせたことだ。

あれは、12歳の時だった。

侍女でも嫌がるような仕事まで押し付けられて、お義姉様は疲れ切っていた。

両親の目を盗んで手助けをしていたのは、侍女のオレイアだけで、家令以外のお父様が一新した使用人たちは皆、見て見ぬふりをしていた。

——このままでは、お義姉様が死んでしまう。


些細なミス一つで、すぐに食事を抜かれたり怒鳴りつけられたりする、お義姉様。

どうすればいいのか、と、ウェルミィは必死に考えた。

お義姉様を可哀想だと、あの悪魔どもにいくら甘えるように遠回しに言っても、『まぁ、ウェルミィは優しいわねぇ、それに比べてイオーラときたら……』と悪口につなげて、全然聞き入れようとはしない。

だから、逆に、お義姉様を虐げるような形で、お義姉様を守らなければいけない、と思い至った。

後二年もすれば、二人は貴族学校に入ることになる。

ウェルミィには家庭教師《ガヴァネス》がいたが、お義姉様にはいなかった。

そうなると授業は遅れるだろうから、成績が悪くなるかも知れない。

さらに、もし勉強が出来なかったとしても、お義姉様の美しさや魔力に満ち溢れた瞳の色に、気づく人たちも出てくるだろう。

『授業では、魔術をまともに使うな』と言えばいいだけ、だとしても。

伯爵家でありながら守る者もいないお義姉様が、もし悪意ある連中に目をつけられたら。

そう考えてウェルミィは、まずお義姉様の美しさを隠すことにした。

『ねぇお父様、お義姉様の髪の毛の色、目の毒だわ』

美し過ぎて、ともすれば目で追ってしまうから。

『ねぇお母様、お義姉様が睨むの。もしかして目が悪いんじゃないかしら』

その輝かんばかりの瞳の色を、髪以外にも隠すものが必要だから。

食事を満足にとらせてもらえなくて、痩せていっているお義姉様が、ちゃんと見窄らしく見えるようになってから。

『ねぇ、お父様、お母様。私、あんな汚いお義姉様は見たくないわ』

本当は、美しく着飾って、欲しかった。

でも、今のウェルミィでは、お義姉様をこんな方法でしか守れないから。


『だから、離れに暮らしてもらいましょう？』


その狙いは、上手くいった。

侍女のオレイアを『気に入らないから』と、一緒に離れに押し込んだ。

彼女ならきっと、イオーラお義姉様を、本邸の悪意から多少なりとも守ってくれる。

オレイア以外の使用人は誰も出入りしないようにと、母に命じさせて。

当時の、初めてお義姉様を守る方法を思いついた自分を褒めながら、ウェルミィは魔導卿に言い返す。

「誤解ですわ、エイデス様。お義姉様は、自分から『使用人の仕事を覚えたい』と、手伝っておられたのですもの。そして自分の意思で、離れに赴いたのですわ。私たちの顔など、見たくもなかったのでしょう」

にっこりと笑ってみせたウェルミィに、魔導卿は鼻を鳴らす。

「よく分かっているな。そう、お前たちの顔など見たくもなかっただろう。だが、薪も毛布もまともに与えず、そのせいで病気になっても医者に診せなかったのは、どうした訳だろうな？」

「そ、それはお義姉様が、お医者様が嫌いで」

「ほう。うちにきた時には、大人しく医者の診療を受け、その博識で仲良くなっていたがな」

――でしょうね。

当然、お義姉様はお医者様が嫌い、なんて事実はない。

オレイアから『倒れて熱を出した』と聞いても、家令が『まずい状況だ』と伝えても、父母は全く動こうとしなかったのだ。

その時も、ウェルミィは知恵を絞った。

父母は、お茶会や夜会に頻繁に出かけている。

二人で連れ立つのは、基本的には夜会だ。

お義姉様が熱を出した、次の日の夜も、両親は出かける予定だった。

だから。

ウェルミィは、母から預かった裸《ルース》の小さな宝石を一つ、手紙と一緒に封筒に入れて。

家令を通じて、オレイアにこっそりと『夜中に来てくれるよう、先生のところへ伝えに行け』と走らせた。

二人は、お義姉様の味方だったから。

誰がそれを言っているのかは、伝えないようにとキツく口止めして。

ついでに、使っていない毛布を引っ張り出してお義姉様に与えることと、宝石をもう一つ渡して、それで離れの分の薪を、余分に購入するように命じた。

どうせあの人たちは離れには行かないし、ゴルドレイなら上手くやるだろう。

父母は『寝ているのなら飯は食えないだろうから、イオーラの分はいらん』と言って出て行った。

そうなると、大した食事はないだろうけれど、口に入れるものを準備しなければ。

ウェルミィは自分のパンを一つだけ隠して、使用人たちがまかないを食べ終える頃に、厨房に向かった。

『やっぱり足りなかったから、スープを頂戴』と伝えると、具はほとんど残ってないですよ、と料理人は盆にスープをよそった皿を載せてくれた。

そのスープと、隠していたパンでパン粥を作り、離れから出て来たオレイアに押し付けた。

ビックリして目を丸くする彼女に『役立たずのお義姉様には、このゴミみたいなご飯で丁度いいそうよ』と憎まれ口を叩いて、さっさと本邸に戻った。

その後、多分お医者様らしき誰かが馬車で来た後に、またこっそりゴルドレイに見送られて帰って行くのを、少しホッとした気持ちで盗み見てから、眠った。

熱が下がったと聞いて、『悪運が強い』と憚《はばか》ることもなく口にする両親に、ウェルミィははっきりと理解した。


――ああ、この人たちは、お義姉様に死んで欲しいんだわ。


何故そこまで辛く当たるのか、その理由は分からなかったけれど。

ウェルミィは、その後もどうにか、お義姉様がなるべく困らないよう、でも自分が助けようとしていることが悟られないよう、振る舞った。

その中でも、一番よく出来たと思うのが、お義姉様に家庭教師をつけた時だ。

『お母様。あの家庭教師、口うるさいの。私もう嫌だわ。お義姉様にでもつけてよ。私は、もっと優しい人がいい！』

お母様のつけてくれた家庭教師は、すごく優秀な人だった。

厳格だけれど、礼儀は教えられた通りにやれば上手く出来たし、勉強もきちんと見てくれる。

――この人なら、お義姉様が学校で恥をかかないだけの教養を、身につけさせてくれるわ。

そう願って、母にそれとなく『虐めに使える人』だと匂わせて、お義姉様の家庭教師にすることに成功した。

次に来たウェルミィ自身の家庭教師は凡庸な人だったけれど、それで構わなかった。

入学まで後一年に迫った頃には、ウェルミィは一つの決意をしていたから。

――お義姉様を、この家から逃すのよ。

その為なら、自分が破滅しても構わないから。

※※※

「ここまででも、随分な仕打ちではあるが……その上に、お前たちは自分たちだけ湯水のように財産を使っていたな。証拠も揃っている」

「他家のお金の使い方にまで、口に出しますの……？　それに財産を食い潰していたのは、私たちではなくお義姉様ですわ！　高価な魔導具ばかり買って……」

エイデスの言葉を受けて、使用人が、分厚い本を二冊持って手早く近づいてきた。

それを手に持った彼は、呆れたような目をエルネスト伯爵……お父様に向ける。

「そうだな、ドレスや宝石ばかりでなく、魔導具の費用も計上されているな。そしてこれは、何処かから送られてきたエルネスト伯爵家の帳簿だが……書かれた金額が違うものが、二つある」

その意味に気づいたお父様は、サッと顔色を青ざめさせた。

周りも数人、言葉の意味に気づいた者たちが白い目を彼に向ける。


――二重帳簿。


今、エイデスはどこかから、と言ったが……それを匿名でエイデスに送りつけたのは、ウェルミィだった。

お義姉様の主な仕事は、領収証などの金額を帳簿に纏める仕事と、領地の管理者たちにお父様の手紙を代筆することや、意見の取りまとめをして必要な要求と不要な要求を判断することだった。

ほぼ、社交や交渉以外の領主の仕事、全てである。

維持管理という仕事は地味で目立たないが、領地を運営する上で非常に重要なものだった。

ゴルドレイが多少は手伝ってはいたようだが、彼も自分の仕事があり、そう頻繁に出入り出来たわけではない。

お義姉様の睡眠時間が減り始めたのも、その辺りだった。

なぜウェルミィがそれを知っているかと言えば、家計簿をつける練習、という名目で、その仕事の一部が割り振られていたから。

支払いや収入の一部だけを纏める行為は、二度手間なんじゃ？　というのが、ウェルミィの感想だった。

纏めてあればやりやすくはあるけれど、それなら最初から全部纏めさせてチェックすればいいだけなのだから。

そんな疑問から、ウェルミィは気づく。


――お義姉様に任せられない理由が、何かある……？


そう思い、意図的に自分に回って来た領収証を一枚、お義姉様に渡すために分けられているものに潜り込ませた。

何かあれば、お義姉様はゴルドレイに言うだろうと、思っていたのだけど。

万一に備えてお義姉様の動向を窺っていたら……求められてもいないのに、離れから出てくるのが見えた。

ウェルミィは、背筋が冷えた。

急いで書斎にいるお父様の元へ向かい、適当な話題を話していると、お義姉様が現れて『同じところから来ている税収書類が二枚あり、金額が違う』と口にした。


——やっぱり。


お父様は、得た収入の金額をごまかしている。

そう確信したウェルミィは、彼が何かを言う前に、お義姉様に対して、見下すような笑みを浮かべて見せた。

『ねぇお義姉様。領主たるお父様の仕事に、口を挟んでいいと思っていらっしゃるの？』


——これ以上、何も言わないで。


と、心の底から願った。

万一にもお父様の機嫌を損ねて、貴族学校入りの取りやめまで起こったら、今度こそお義姉様はどこにも行けないままに、飼い殺されてしまう。

お義姉様が、まさかお父様に会いに来るなんて、誤算だった。

案の定、ウェルミィが口を挟んだことで多少和らいだものの、焦ったお父様は激昂して『二度と離れから本邸に入ってくるな！』とお義姉様を怒鳴りつけた。

そういうことがあってから、お父様は少しだけ慎重になったみたいだったけれど、ウェルミィを疑ってはいないようだったから、少し前の帳簿を引っ張り出して写しを作るのは簡単だった。

今、会計や嘆願、意見書の処理を一手に引き受けているお義姉様にそんな暇はないし、ごまかしでない方の帳簿はウェルミィに回って来ている。

だから、いざという時のために証拠集めをやるのは、ウェルミィの仕事だった。

「この帳簿の、正式な方の筆跡は……ウェルミィ・エルネスト。お前のものだな」

魔導卿は薄く笑みを浮かべながら、獲物を追い詰めるように言葉を重ねる。

「……知っていたんじゃないのか？　お前は、自分の父が脱税や虚偽申告をしていることを」

「し、知りませんわ！　それにお父様が、そんな恐ろしいことなさるはずが、ありませんわ！」

バカのふりは、得意だった。

ましてウェルミィは、相手をしている魔導卿が何をしてくるかを大まかに知っている。

お義姉様の置かれていた状況も、帳簿に関する資料も、全て自分がこっそりと手を回して、彼の耳や手に入るように計らったのだから。

「なさるはずがない、か。しかしイオーラが勝手に買っていたという魔導具は素性の知れぬもので、全て『呪い』が掛かっていた形跡がある……そして購入していたのが、小太りでちょび髭の、貴族らしき中年男性だったことも把握済みだ」

そこでエイデスは、一度言葉を切る。

「誰かの手によって解呪されているが。これは、誰を狙った呪いだったんだろうな？　そういえば、エルネスト伯爵家の嫡子は、少し前に書き換えられたようだが」

今度こそ、会場の空気の色が変わる。

どういう行く末を迎えるのか興味津々だった空気が、エルネスト伯爵家の行《おこな》ったお義姉様への仕打ちが行き着くところまで行き着いていたことを悟り、責める空気へと。

流石に愚かなお父様も悟ったのか、青ざめたまま反論する。

「な、なん……わ、私ではない！　こっちを見るな！」

小太りでちょび髭の、貴族らしき中年男性。

丸のまま、お父様の特徴に当てはまる、が。

――その言い方と態度は、自白と変わりませんわよ？

ウェルミィは笑いをこらえつつ、狼狽した表情を作って反論する。

「お、お義姉様がお父様を狙ったのではないのですか!?」

「ありえん。それらがあったのは、全てイオーラの部屋だったと侍女と家令が証言している。あれらは、置いてある場所で呪いの力を発揮する魔導具だ」

ウェルミィの発言とは逆に、お父様がお義姉様を殺そうとしていたのだから、当然だった。

だって家令が受け取り、お義姉様の部屋に置くように命じられていたその魔導具の解呪をしていたのは、ウェルミィ自身。

全ての魔術を操る可能性を持つ紫や、攻撃の金、治癒の銀には劣るものの、こと補助魔術と呼ばれるものに関して随一の魔術適性を持つのが、朱色の瞳を持つウェルミィだから。

学校では隠して不得手なふりをしていたが、解呪の魔術は、初めてお義姉様を殺すための魔導具を見た時から必死で練習した。

今では、現在解明されているほぼ全ての呪いを、解呪出来るくらいになっている。

魔導具を解呪してからお義姉様の部屋に戻していたせいで、貴族学校に入学して少しの間、体調不良に悩まされることも多かったけれど、今ではそんなことはない。

そして当然、呪いの魔導具は違法の存在。

魔導卿は全てをつまびらかにすることに、容赦がなかった。

お義姉様を任せるのに、そういう人を選んだのだから、当然だけれど。

「愚かな罪を犯したものだ、エルネスト伯」

社交嫌いで、女嫌いの魔導卿。

彼こそが、そうした呪いを毛嫌いし、取り締まるために魔導具の構造を解明して魔導省のトップに立ち、改革を行った人物だったのだから。

世間の残虐、酷薄という評価は、そうして邪魔者を呪殺する術の多くを失った貴族たちからもたらされたモノ。

ウェルミィは知っていた。

ただ一回、社交界で出会っただけの彼が、世間で言われているような人物ではないことを。

※※※

夜会に出られるのは成人である16歳になってから。

14歳から18歳まで通うことになる貴族学校の、ちょうど真ん中から参加出来るようになる。

入学してからウェルミィは、学校ではイオーラお義姉様からアーバインの目をこちらに向けさせ、一緒にいることに全力を注いでいた。

初対面のお義姉様の姿にガッカリしていた彼を靡《なび》かせるなんて、容易いことだった。

——この人は、駄目だわ。

ウェルミィは、この頃にはもう、自分が他の人々とは少し違う能力があることを自覚していた。

相手の本質が、直観的に分かる。

どういう理由かまでは知らないけれど、熱を出した日の夜、両親の内心を見抜けたのも、その力のおかげだった。

お義姉様を目にし、その後に頭を下げて自己紹介をしたウェルミィを見たアーバインは、露骨に反応が違った。

目の奥に、劣情の光が見えた。


――この人、女の外見にしか興味がないのね。


それは、一度見たきりのお義姉様に婚約を申し込んだことでも、分かっていたけれど。

アーバインは次男坊で、家格も伯爵家。

他にも良い縁談はあるだろうに、落ち目で旨味の少ないエルネスト伯爵家への婿入りを望んだらしい彼は、本当に、お義姉様の外見の美しさだけが目当てだったのだろう。

顔立ちはそこそこ良く、頭も悪くはなさそうなのに。

ある意味では素直な、しかしそれだけの男だった。

女は自分の欲望を満たすための道具、程度にしか思っていないのかもしれない。

お義姉様を預けるに足る人材ではなかった。

同時にウェルミィは、どんな人間とどんな風に付き合うか、立ち振る舞いを考えた。


——友人はいらない。


貴族の子女に、気が合う知り合いとしての立場など一切求めない。

ただ、利用することに決めた。

お義姉様をアーバインから遠ざけるために、腰巾着気質の令息や、人の陰口や噂話が大好きな令嬢を好んで、自分の周りに引き込んだ。

お義姉様を嫌っているようなフリをして、アーバインに対してシナを作って見せれば、すぐに悪評を……ウェルミィとお義姉様両方の悪評を広めてくれる彼らの存在は、非常に有難かった。

婚約者を横取りした妹と、婚約者を奪われた姉。

腹違いで同い年で、外見が全然違う二人。

噂好きたちの格好の餌食だ。

それでも、お義姉様に婚約者がいる、という事実は、男を遠ざけるのに役に立つ。

アーバイン自身は、ウェルミィが簡単にお義姉様から遠ざけられる……非常に好都合な構図を、容易く作り出せた。

お義姉様が、家だけでなく学校でも肩身の狭い生活をしなければならないのは、とても心が痛んだけれど。

まともな……貴族としてではなく、人間としてまともな感性を持つ人ならば、お義姉様と少し関われば、その真価に気づくだろう。

それが出来る相手を、そして風評をものともしない有能な人を、慎重に選んだ。

一人、『この人なら』と目星をつけたのが、子爵令嬢のカーラ。

大人しく振る舞っているが、その中身はかなり勝ち気で、野心家だけど付き合う相手は慎重に、適度な距離感を保ちつつ選ぼうとしている様に、好感を覚えた。

知り合った時には、すでに噂好きな取り巻きたちがウェルミィにはいた。

それなりに力のある家の子女がいたので、カーラはこちらのグループに近づいて来たのだ。

身の上を調べると、実家は商売で成功しており、しかも平民の大商人や辺境伯と結びついている、勢いがある家の娘だった。

子爵家といえど侮れない……それこそ、力のある相手にそこまで媚びを売る必要がない、伯爵に叙せられてもおかしくない後ろ盾がある。

この子だ、と思った。

カーラは確実に人を見る目があり、基本的には如才なく振る舞う。

なのに、皆がいる前でウェルミィにハッキリと意見を述べた。

『アーバイン様は、貴女のお義姉様の婚約者なのでしょう？　……そのような振る舞いをしておられると、どちらにも得がないと思いますけれど』

と。

得がない。

側から見れば、全くもってその通り。

ウェルミィの目的を知らなければ、悪評を振り撒いているせいで、片方は無能な取り巻きに囲まれて、片方は孤立しているように見えるのだから。

だから、この子は……お義姉様の側にいてもらうべきだと思った。

『そんなに礼儀正しく、お行儀よく、清廉潔白でいらしたいのでしたら、お義姉様と一緒にいれば良いのではなくて？』

冷笑と共に伝えた願いを、カーラはどう受け取ったのか。

ジッとウェルミィを見つめ、ニヤニヤとやり取りを見守っていた取り巻きたちの姿を見て、黙ってその場を去った。

そして二度と、こちらには関わって来なかった。

将来的にも価値がないと判断したのだろう。

さらに数日後には、二人の間にどんなやり取りがあったのか、お義姉様の側で姿を見かけるようになった。


――これでいいわ。


外から近づいてくる悪い虫は、彼女が払ってくれるだろう。

そしてカーラが友好を結ぶに値すると思う人々は、きっとお義姉様にとって良き友となるはず。

どうせウェルミィは、数年以内に社交界から消える。


その時にはすでに、破滅の未来を見つめて動いていた。

ただ一人誤算だったのが、男爵令息として姿を見せたレオだった。

ダメだ、と一目見た時に思った。

内面は悪くない。

もしお義姉様と良い仲になっても、不幸にすることはないだろうけれど……あの、全てを見抜くような静かな目線が、ウェルミィにとって、危険だと思った。

レオは、いつの間にかお義姉様やカーラの側にいた。

お義姉様の本質を、見抜くまでは良い。

しかし、くすんだカーテンを暴いて着飾ったり、お義姉様が自分の美しさを外に出そうと思ってしまったら。


ウェルミィの計画が、破綻してしまう。


せめて貴族学校を卒業して、成人として独り立ちするまでは。

お義姉様の本当の姿は隠し通さなければならない。

もし成人の夜会《デビュタント》も済ませていない、後見人が必要になる今の状況で、アーバインや他の連中に気づかれてしまったら。

お義姉様が再び美しくなり、誰かに目をつけられてしまったら。

レオでは、お義姉様を守れない。

特にアーバインは、婚約者という正当な立場をカサに来て、彼を排除する権利がある。

今は所有権を嫌がらせのためだけに使っているけれど、それが独占欲の為に使われたら、学生の間に結婚の段取りを進めかねない。

今はウェルミィが、親やアーバインに好意を伝える事で抑え込めているとしても。

自分では、本当の美しさを取り戻したお義姉様の輝きに太刀打ち出来るわけがないことを、誰よりも理解していたから。

懸念は常に心の片隅にありながらも、卒業まで彼らが行動に移さずにホッとした。


そして、デビュタントの日がやってきた。

※※※

——ついに本番よ。


ウェルミィは、アーバインに婚約を破棄させた後に、お義姉様を預けるに足る相手を見定めるつもりだった。

婚約者のいない女性は、基本的に父親や、兄弟親族にエスコートされて夜会に出る。

父であるエルネスト伯爵がウェルミィに付くので、入場だけは、婚約者であるアーバインにお義姉様を預けなければいけないのは業腹だったけれど。

基本的に彼はすぐに離れてこちらに来るし、さらにお義姉様はウェルミィの引き立て役だと父母に見なされていた為、あまり離れることもなかった。

当然、自分を差し置いて一人で夜会に参加することもない。

しかし。


——いないわね……。


デビュタントは王家主催なので、よほどの事情がなければ当主夫妻は参加しているし、成人済みで婚約者のいない令息令嬢を伴って来るのも、慣例だった。

しかし、残っている令息に『これは』と思えるような、めぼしい人はいなかった。

デビューする子女の兄弟など、姿はちらほら見えるものの、有望な人には既に婚約者がいたりするからだ。

権力と人気があり、かつ婚約者のいない令息。

現状のお義姉様をわざわざ選ぶ意味が薄いのだけれど……実際のお義姉様について伝えれば、どうにかなるとは思う。

本当のお義姉様は、真なる紫の瞳を持つ、美貌の才媛なのだから。

中々いないとは分かっていたけれど、少しガッカリしながら足を踏み出すと……よそ見をしていたせいで、会場に入ってきた人物とぶつかってしまった。

「あっ」

「失礼、御令嬢。怪我はございませんか？」

低く静かな声音。


興味を惹かれて目を上げたウェルミィは……そのまま、吸い込まれるかと思った。


青みがかった、知性と自信を湛える紫の瞳。

無表情だが、純粋に、欲もなくただこちらを心配していることが目で分かった。

倒れかけたウェルミィの腰を支える手つきも、いやらしさはなく、かといって失礼とは思わない程度の力の入れ具合。

顔立ちそのものが、とんでもなく整っていて、緩やかにうねる銀の髪がさらに神秘的な彩りを添えていることに気づいたのは、その後のことだった。

素の驚きは、ほんの一瞬。

すぐに隙なく猫を被り、うっとりしているフリをして、猫撫で声を上げる。

厚顔で男好きな、ウェルミィ・エルネストとして。

「ええ、大丈夫ですわ。こちらこそ申し訳ございません」

すると、男の目に宿っていた心配の色が消えて、代わりに侮蔑に似た色が浮かんだ気がした。

そうすると、恐ろしく整った顔立ちが、まるで悪魔のように冷え切って見える。

「では、これで」

即座に手を離され、挨拶や言葉を交わす間もなく立ち去る背中を、ジッと見つめた。

一瞬で相手の本質を見抜く自分の目が、告げていた。


――彼なら、と。


ウェルミィの視線が気に入らなかったのか、ふてくされた様子のアーバインをあやした後、離れた時にそれとなく、どこにいても目立つ彼のことをお母様に訊ねてみると。

「ああ、魔導卿ね。オルミラージュ侯爵の家のご当主で、魔導士としての多大な功績と実力を持つ方に与えられる一代名誉爵位『魔導爵』も叙されているから、そう呼ばれているのよ。社交も女性も嫌いで、冷酷非情で氷のようだ、という噂よ。顔立ちも良くて権力もお金もあるのに勿体ないったら……」

魔術に関して、多大な功績と実力を持つ者に与えられる爵位。

さらに彼はあの若さで、魔術の研究と魔術犯罪の調査を行う、魔導省の長でもあるという。

女性嫌い……きっとそれは、仮面だ。

あの時に見せた一瞬の表情は、相手を切り捨てることに痛痒《つうよう》を感じない人間のものではなかった。

何らかの理由で、女性を避けている。

きっと顔立ちばかりを気にするような相手に、うんざりでもしているのだろう。

流れた噂を、わざと放置しているように、ウェルミィは感じた。

エイデス・オルミラージュ侯爵。

冷酷非情の魔導卿。


——お義姉様を預けるに足る人を、見つけた。

ウェルミィは、そう思った。

3、崩れゆく策略

無事にお義姉様を預けるに足る相手……魔導卿を見つけた後は、今まで以上に慎重に、そして迅速に準備を重ねた。

お父様とお母様が納得する形で、お義姉様を彼に預ける。

そのために必要なのは、まず、彼の興味を引くことだった。

エルネスト伯爵家汚職の証拠と、裏事情。

その二つと、正統な伯爵家の後継者である、お義姉様の窮状と。

証人として、イオーラお義姉様の身柄を安全に確保するためにやって欲しいこと。

そうした、願いと実利を織り交ぜた手紙と、証拠を保管している場所を書いた用紙を同封して。

貧乏男爵家のレオに、それを預けた。

彼がどういう方法でか、お義姉様に会っているのに、ウェルミィは気付いていていた。

ほんの些細な違和感だ。

貴族学校で、お義姉様とレオがすれ違うのをたまたま見かけた時に、二人の視線が交わり、柔らかい気配が漂った気がした。

会っているのを見ていないのに、親密さが増しているような気がしたのだ。

――上等じゃない。

ウェルミィの目につかないところで、逢瀬を重ねているのだろう。

彼なりにお義姉様を守っているのなら、少しは見直してやらないでもない。

近づいて欲しくはなかったけれど、信用は出来る相手……それがレオだった。

けど、それとこれとは話が別だ。

ウェルミィは、レオを見つけて近づくと、魔導卿宛の封筒を差し出した。

しかめ面で受け取り、そこに書かれた名前をチラリと見て……彼は目を丸くした。

『……なぜこれを、俺に？』

そう問われて。

『臆病者でも、その程度のお使いは出来るでしょう？』

それは、お義姉様からの預かり物よ、と。

ウェルミィは、ニッコリと笑みを浮かべて、当たり前のように嘘を告げてやった。

勿論、それは自分で用意したものだけれど、ウェルミィはレポート交換などで怪しまれないよう、お義姉様に筆跡を似せ、自分の字を変えた。

パッと見で、気付かれはしないはずだ。


——お義姉様を助けたいのなら、言う通りにしろ、と。

——私がお義姉様を預ける相手は、お前ではない、と。


言外に、眼差しに険を込めて告げる。

レオは視線を受けてどう思ったのか、苦笑して手紙を受け取った。

『随分と嫌われたな』

『表立つ覚悟もない男爵家程度が、伯爵家の人間に媚を売っているのが気に入らないのよ』

『へぇ。……何も知らないってのは、気楽でいいな』

『何かあるなら、口で言えば如何かしら？』

ウェルミィが冷たく見下ろすと、椅子に座ったままのレオは、ひょい、と軽く肩を竦めた。

このやり取りには、いくつかの賭けが含まれていた。

同じ手紙は、二通用意してある。

一通は匿名で、エイデス魔導卿本人に送ってあった。

だけれど、誰のものかも分からない告発状を、受け取って、読んで、調べるという手間を彼がかけるかが分からなかったからだ。

もう一つ、レオがお義姉様に好意を持っているのと、助けたいと思っているのは明白で。

その一点『だけ』は、協力出来ると思っていたから。


『何故魔導卿への手紙を、自分に預けるのか』


そう問われる可能性を考えていたが、彼の返答は別のものだった。

『仰せのままに、エルネスト伯爵令嬢様』

嫌味ったらしい男だ。

しかし彼は、きちんとメッセンジャーの役目を果たしたらしい。

しばらくして、証拠を預けていた人から、魔導卿に手渡したと話を聞いた。

その後、魔導卿から、望んだ通りにお義姉様に対する婚約の申し入れが来た時には、心の底からホッとした。

お義姉様と少し話せば、礼節も完璧で、聡明で、ボロボロの皮を脱げば何よりも美しい人であることはすぐに分かる。

惹かれずとも、無下に扱うことはないはずだった。

婚約が、披露宴まで開かれるほどに成立したことは、個人的に最上級の結末だ。

そしてもう一つ、ウェルミィは仕込みをしていた。

貴族学校にも、匿名で『ウェルミィの提出したレポートは、全てお義姉様が書いたものだ』という暴露を送っていたのだ。

不祥事として揉み消される可能性もあったけれど、ウェルミィの元には魔導省の実験部門や、薬学を専門とする施設で働かないか、という誘いも来るくらい、それは優れたレポートだったから。

真実かどうかを調べるくらいのことはするだろう、と読んでいた。

その匿名の暴露に関しても、魔導卿への手紙には書いておいた。


――そうして、今がある。


「エルネスト伯。税に関する虚偽申告は、国家への背任だ。同時に、お前は殺人未遂の罪にも問われる」

自分の罪を宣言されたお父様は、完全に顔色を失っていた。

「わ、私は知らん！　イオーラだ！　イオーラが全て勝手にやったのだッ！」

「ほう。自分を殺すための魔導具を自分で購入したのか？」

「そ、れは……わ、私を殺そうとして……！」

「見苦しいぞ、エルネスト伯。では、買った人間の人相がお前に酷似しているのは何故だ？」

あまりにも苦しい言い訳の数々に、魔導卿の視線がさらに鋭くなる。

「魔導具以外のことに関しても。イオーラ嬢が勝手にやったことだと言うのなら、お前は会計監査の監督不行き届き、及び領主としての職務怠慢となる。また、帳簿を遡れば10を越えた辺りの子どもにそれを押し付けていることになるな。児童労働の罪にも当たる。どちらにせよ、お前はもう終わりだ」

エイデスは隙のない追及を吐き捨てて、その場にいる高位貴族に声を掛ける。

「キルレイン法務長。拘束の許可を」

司法のトップにいる彼は、もしかしたら事前に、このことを聞かされていたのだろう。

怜悧な風貌の年嵩《としかさ》の男性が、表情も変えずに小さくうなずいて、合図を出す。

すると、入り口の傍に控えていた二人の兵士がすぐさま動き出して、お父様の身柄を拘束した。

「な、なん……」

お母様が、それを見て悲鳴を上げるように口を開いた。

「わ、わたくしは知らなかったわ！　それに家政はちゃんと仕切っていたわ！」

自分は関係ない、と叫ぶお母様に、魔導卿は首を横に振る。

「お前には別の罪状がある、エルネスト夫人」

「っ⁉」

「結婚詐欺だ」


――それは、知らない。


ウェルミィは、そもそもお母様のことは特別に処罰する気がなかった。

お義姉様に辛く当たったことに関して、虐待の罪には問われるかもしれないが、お父様が捕まれば一蓮托生でエルネスト伯爵家は取り潰しになる公算が高い。

ウェルミィとお母様に与えられるのがどれだけ軽い罪状でも、平民に戻ることは確定。

そうなれば、侯爵家の当主であり、かつ魔導爵の地位を賜っている魔導卿の婚約者に手は出せないから。

予定にないお母様の罪状に、ウェルミィは計画の小さなほつれを感じた。

「エルネスト夫人。お前によって裏切られた相手を、この場に呼んである」

その言葉とともに、壁際から進み出てきた人物を見て……ウェルミィは、その日初めて、演技ではなく心から驚いた。

「クラーテス先生……」

「やぁ、ウェルミィ」

淡い色合いのプラチナブロンドに、朱色の瞳。

気の強そうなウェルミィと違って優しそうな面差しだが、客観的に見れば似たような外見の彼の登場に、お母様はまるで幽霊でも見たかのような顔をして、両手で口元を覆う。

そんなお母様に、悲しげな笑みを浮かべたまま、チラリと目を向けた彼は。


――ウェルミィに、解呪の魔術を手解きしてくれた、解呪の先生だった。


「彼は、クラーテス・リロウド。一級解呪師の認定資格を持つ人物だ。……見覚えのある者も多いだろう。私の旧友だ」

クラーテス先生を知らない人たちに向けて、魔導卿が淡々と告げる。

「彼は元々、リロウド公爵家の人間だった。一時は縁を切って出奔していたが、市井での活躍により国から一級解呪師の資格を与えられたことで、実家と和解された」

そして再び、お母様に視線を戻した。

「貴女も、よく覚えているはずだ」

「そ、そんな人、知らないわ！」

お母様が絶叫するのを無視して、魔導卿は何故か、ウェルミィに目を向ける。

しかし、クラーテス先生の登場に驚いた衝撃はすでに冷めていた。

——でも、なぜここに、彼が？


クラーテス先生が、魔導卿と顔見知りなのは知っている。

ウェルミィが、『匿名で渡して欲しい』と資料を送った信頼出来る人が、正に彼なのだから。

しかし、お母様との繋がりは知らない。

でも、それよりも。

魔導卿がこちらを見ている理由は、匿名の告発者がウェルミィだとバレているからなのか？

重要なのは、その一点だった。

何で見られているのかすら分からないフリをするが、背筋には冷や汗がダラダラと流れ始める。


——まさか、私が企んだと、クラーテス先生が、バラした？


それはない、と思いたかった。

彼は口が固く誠実な人間だと、ウェルミィの目は言っていたから。

あれだけ固く口止めしたのに、口を滑らせるはずがない。

ウェルミィがクラーテス先生と知り合ったのは、彼が街で開いている治癒院を訪ねた時。

当時、先生はすでに、腕利きの解呪師として名を馳せていたから。

お父様が初めてお義姉様を『呪う』為に買った魔導具を、解呪する為に訪ねた。

魔導具のことを教えてくれたのは、家令のゴルドレイ。

さりげなくお義姉様の離れから持ち出して、ウェルミィに報告してくれた。

だから、預かった。

きっと魔導具を解体して無効化するだけならお義姉様にも出来るだろうけれど、そうするとお父様に、お義姉様が気付いていい、い、い、いることに気付かれてしまう。

でも当然、お義姉様と違って普通程度の能力しかない、貴族学校に入学したてのウェルミィには、それをどうにかする手段なんかなかった。

誰かに解呪を習うか、解呪してもらわなければいけないと、思った。

そこでウェルミィが頼ったのは、腕利きと噂のクラーテス先生だった。

初めて見た時には、自分と酷似しているその外見に驚いた。

『朱色の瞳は、解呪の能力が強い家系に生まれる、瞳の色だ』

クラーテス先生は、そう言った。

ウェルミィは自分の瞳の色を、お母様から『先祖に貴族がいて、その家系に生まれるものだ』と聞いていたから、それは知っていたけれど。

同時に、お母様は養護院の出だと聞いていたので、疑っていた。

……自分が貴族の血を引いているという話を、ではなく、もしかしたら自分が、お父様ではない貴族とお母様の不義の子なのでは、と。

だって、多少は面影のあるお義姉様と違って、ウェルミィは全くお父様には似ていなかったから。


同時に、初めて見たクラーテス先生は、他人とは思えないほどに特徴が似ていた。


しかしウェルミィは、生まれた疑問を全て飲み込んで、クラーテス先生に願った。

『私にも解呪の才能があるなら弟子にして欲しい』と。

ウェルミィは、自身が屋敷の外に出ることは何も言われない。

けれど、お義姉様の部屋に置かれる魔導具の方は、何度も持ち出していれば気付かれる可能性が高かった。

解呪師に会う約束を取り付け、手渡し、受け取り、お義姉様の部屋に戻すには、どうやったって二週間はかかる。

全ての魔導具が、誰でも即座に解呪出来るものばかりでもないだろう。

まして、お義姉様を殺そうとしているお父様が、魔導具のことを気にしないはずがない。

でも、ゴルドレイやオレイアがさりげなく持ち出して、ウェルミィが解呪して戻すだけなら、そこまで危ない橋ではなくなる。

彼らは屋敷の中で、自由に離れと本邸に出入り出来る、数少ないお義姉様の味方だった。

その時点で、殺人未遂でお父様を告発することをクラーテス先生に勧められたけれど、それは出来なかった。

成人して、貴族学校を卒業してからでなければお義姉様の未来が閉ざされてしまうから。

そう訴えるウェルミィに、クラーテス先生は、何か思案するように黙った後に、弟子入りを了承してくれた。

それから、一週間に一度、ウェルミィはこっそりクラーテス先生と会い、死に物狂いで解呪を習った。


――確かに最初に会った時、お母様の名前を聞かれたけれど。


君は、イザベラの娘かと。

彼にそう問われて、うなずいた。

——まさか、本当に。

そんなウェルミィの疑問に応えるように、魔導卿が口を開く。

「ウェルミィとクラーテスの魔力波形解析は既に終わっており、実の親子である証明は取れている。これが証拠だ」

彼は、ウェルミィが作った二重帳簿の写しの間から、一枚の紙を取り出す。

「嘘よッ！」

「嘘ではない。かつて、平民の女性と恋をして結婚の約束をし、公爵家を出奔したクラーテスを騙して失踪したのは……」

魔導卿はそこで言葉を切り、お母様を睨みつける。

「……お前だ。エルネスト伯爵夫人、イザベラ」

「出鱈目よ！」

お母様が、皆の視線を振り払うように、両手で頭を押さえて首を横に振る。

しかし、頑《かたく》なにクラーテス先生の方を見ようとはしなかった。

「リロウド公爵家は、代々治癒魔術の名家であり、クラーテスは幼い頃から医療に強い関心を示していた。男としては珍しく、積極的に慰問や診療の手伝いに赴いていた。……出奔の前に、かなりの頻度でお前が暮らしていた養護院にも赴いていたことが、記録に残されている」

魔導卿の糾弾に。

逃げないように押さえつけられたお父様は、呆然とお母様に顔を向ける。

「おまえ……」

「公爵家の男と、伯爵家の男。エルネスト伯と出会ったのは、街中か？　見た目だけは美しいお前は、二股をかけたのだろう。そして、公爵家を捨てて平民として添い遂げようとしたクラーテスより も、伯爵の妾の立場を選んだ」

魔導卿は、うっすらと笑みを浮かべて、お母様を指差す。

「兄であった先代エルネスト伯爵の妻……イオーラの母と無理やり婚姻を結んだばかりだった現エルネスト伯の妾、という立場をな」

その内容は、ウェルミィが知っている事実だった。

「そして、エルネスト伯爵は、自分の血を継いでいると信じたウェルミィを跡取りにすることを望み、イオーラを虐げた。前伯爵の子であるイオーラをな」

余計な回り道を挟んだが、話が戻って来たことに内心ホッとする。

そう、お義姉様は、お父様の実の娘ではない。


記録上は実子と記されているけれど、実際は、お父様の兄上だった先代伯爵の子だった。

それをウェルミィが知ったのは、前妻の日記を見つけたから。

赤い表紙で題のないその本は、お母様が使うことを拒否して埃を被っていた前妻の部屋にあった。

たまにゴルドレイが足を止めて、ジッと眺めていたその部屋に、ウェルミィは興味を持った。

何故、父母はお義姉様にあそこまで辛く当たるのか。

お母様だけではなく、実の父親であるお父様までもが。

その疑問を解消してくれたのが、イオーラの母の日記に記されていた内容だった。


突然、夫を亡くした悲しみ。

身籠った子どもが産まれた後の不安。

そして、兄に比べるとかなり能力に劣り、遊び呆けていた義弟の提案。


――妻になり、自分を伯爵と認めるのなら、後継者を生まれた兄の子どもにする、と。

イオーラの母は、苦悩の末にその要求を呑んだ。

しかし産後の肥立ちが悪く、伏せってしまい、やがて夫の後を追うようにして亡くなった。

心労も、きっとあったのだろう。

「し、証拠があるのか!? イオーラが私の娘ではないという証拠が！」

「時期だ。イオーラは、ウェルミィよりも先に生まれている。婚姻前に身籠ったイザベラと、弟であるサバリン・エルネストが伯爵を継いだ時期を考えると、辻褄が合わない」

お義姉様とウェルミィは、ほんの一ヶ月程度しか生まれた日が変わらないが、お義姉様が先に生まれているのは間違いのない事実。

もしサバリンがお義姉様の実の父親ならば……先代伯爵が死ぬ前から、先代夫人と通じていなければ辻褄が合わない。


本来、ウェルミィが姉でなければ、時期的におかしいのだ。


それに、魔導卿は気づいた。

「当時から優秀と謳われていた先代と、悪評だらけだったそこの愚鈍。先代夫人がそちらに靡《なび》いて、不貞を働くとは思えん。イオーラは、先代の子だろう？」

だから虐げた。

それでも、イオーラの母が生きていた当時は、まだ正統な後継者を見守る目が多かった。

親戚と縁が切れたのは、お母様を後妻に迎えた時だったから。

だからしがらみが消えた後に、ウェルミィだけを可愛がった。

でも、そんな自分も。

「サバリン・エルネスト。伯爵家の血を継ぐ者はいても、貴様の血を継ぐ者は誰もいない。ウェルミィは、クラーテスの子だ」


――ああ。


ウェルミィは、あえて目を背け続けていた事実に、どこか諦めに似た感情を覚える。

治癒院に、解呪して欲しいと呪いの品を持ち込んだだけの自分に、なぜあんなにもクラーテス先生が良くしてくれたのか。

出回っている魔導具のほとんどを解呪出来るくらいまで、鍛え上げてくれたのか。

きっと彼は、調べたんだろう。

その上で、黙ってくれていた。

ウェルミィが幸せに暮らしているのなら、それで構わないと、きっと。

クラーテス先生の人柄は、分かっていたから。

そう考えているのじゃないかと、思っていた。

――ごめんなさい。

その娘が、まさかお義姉様を助けて破滅するために、策謀を張り巡らせていたなんて、思ってなかっただろう。

「話はこれでほとんど終わりだが……最後に一つ、残っていることがある」

そう言って、エイデスはウェルミィに目を向けた。

――私も断罪されるのね。

ウェルミィは、嬉しくも複雑な気持ちだった。

クラーテス先生の実子だと判明しても、今のウェルミィは伯爵家の嫡子。

呪いの品の件で、もしかしたら自分が、正統な後継者であるお義姉様を助けようとしていたことは、バレてしまっているのかもしれないとは思っているけれど。

だからといって、表面上のウェルミィの行動は、決してそうではない。

お義姉様を、ともすれば死ぬような環境で黙認し、虐待に加担していたとされるような振る舞いを心掛けて来た。

それ自体は、子どもだったからとか、温情だとかで、どうとでもなるだろうけれど。

貴族学校で、お義姉様のレポートを自分のものと偽ったこと。

その為にお義姉様を脅迫したこと。

交友関係を制限したこと。

そして何より、貴族学校の教師陣を欺いたことは――確定した、事実。

脱税で確保していた伯爵家の財産を、ドレスや宝石に使い込んだのも、ウェルミィの罪だ。

こちらに関しては、赦《ゆる》される謂れはない。

しかしエイデスは、ウェルミィの手が届く距離に近づいて来たかと思うと、不意に、後ろに目を向けた。

イオーラお義姉様と、その側に立つカーラと、レオ。

どうしたのかと、疑問を挟む間も無く、エイデスは告げた。

「イオーラ・エルネスト。この場で、私はお前との婚約を破棄する」

その言葉に。

ウェルミィの頭は、真っ白になった。

4 ウェルミィの敗北

――今、彼は何を言ったの？

ウェルミィが魔導卿の言葉に呆然としている間に、アーバインが声を上げた。

「何なんだよ……どういうことだよ!?　ウェルミィは……お、俺が継ぐはずのエルネスト伯爵家はどうなるんだ!?」

その焦りは、自分の将来に関すること。

ウェルミィを慮《おもんぱか》る言葉でも、この場で宣言されたことを問う言葉でもなく。

『シュナイガー伯爵家の次男である自分が、これからどうなるのか』という自分本位の焦りだ。

その言葉に、魔導卿が不愉快そうな表情で答えた。

「そんな権利は残っていない、シュナイガー伯爵令息……今告げた通り、ウェルミィにエルネスト伯爵家の血は混じっていないからだ。それが明らかになった以上、継承権は失われる」

当然、婚約者であるアーバインにも、その可能性は失われた。

継承権が認められるのは、まず第一に血筋の直系である。

貴族の娘として育てられた、という事実よりも、実際にその身に血が流れているかが優先される。

だから、クラーテス先生とイザベラの娘であるというのが事実なら、ウェルミィに継承権は認められない。

仮の話をするのなら、もしもアーバイン自身がエルネスト伯爵家の傍系であったら、直系であるイオーラお義姉様と婚約すれば、一代限りの爵位預かりが認められはする。

お義姉様が彼との間に子を産めば、その子にも継承権は生まれる。

しかし、アーバインが爵位を継承した後に別の女性との間に子を成したとしても、その子に継承権はない。


全て、仮の話だけれど。


だってお義姉様がもう一度、この男と婚約することはあり得ないから。

なのに。

「い、イオーラ！　お前、今魔導卿に捨てられたよな!?　だったら、俺ともう一度婚約しろよ！」


——なんでこの人は、こんなにも愚かなの……？

学校であれだけの仕打ちをお義姉様にしておいて、なぜそんな言葉を口に出来るのか分からない。

ぼやけてはいるが、少し考える力が戻ってきた頭で、ウェルミィはそう思った。

相手をしてやる価値もないのに、魔導卿が横槍を入れる。

「そもそも、エルネスト伯爵家は残らない。やってきたことの対価が重すぎてな。……爵位の返上以外で、国家への賠償金や借金を返せる当てがあるのなら話は別だが」

彼の言葉は、アーバインの希望を丁寧に打ち砕くものだった。

「そんな……」

「お前の実家にもエルネストとの癒着と、同様に国家背任の嫌疑が掛かっている。そちらがどうなるかも、見ものだな」

アーバインにトドメを刺した魔導卿に、ウェルミィは震える指先を伸ばしながら問いかける。

「なん……それで何で、お義姉様と婚約を破棄する必要が……？」

口にしてから、悪手だと気づいた。

これではウェルミィが、魔導卿とお義姉様に婚約破棄して欲しくないように、聞こえてしまう。

それに気付いたのか、気付いていないのか……魔導卿は酷薄な笑みを浮かべたまま、ウェルミィに顔を近づける。

「当然だろう。虐げられた先代の子とはいえ、後ろの愚か者と血の繋がりがある穢れた女など、……」

その瞬間。

――パァン！

と、そこで高い音が響き渡り、魔導卿の言葉が途切れる。

先ほどまでとは違う緊張感が場を支配し、ウェルミィはカッと血が上った頭で、怒りのままに叫んでいた。

「私のお義姉様を、侮辱するな!!」

それが完全な失態だと気付いたのは、周りが静寂と驚きに包まれたからだった。

――あ……。

やってしまった。

チラリとお義姉様に目を向けると、両手で口元を押さえて、目を見開いている。

バレた。

振り抜いた手のひらが、ジィン、と痺れている。

ウェルミィに頬を張られた魔導卿は、ひどく冷たい顔をしたままゆっくりと、こちらに視線を戻した。

「驚いたな？　……私に手をあげるとは、いい度胸だと褒めてやろう」

その言葉に、一瞬で血の気を引かせたウェルミィは、開き直ってギリ、と奥歯を噛み締めた。

目撃した貴族たちの、呆然とした呟きが耳に届く。

「オルミラージュ侯爵に……」

「手を……!?」

その声音は、明確な恐怖を伴っていた。

本来、爵位が上の者に対しては、許されていないのに口を開くことすら非礼に当たる。

まして相手は、王族の血を引く公爵にすら匹敵すると言われる、筆頭侯爵位にある相手だ。

そのさらに一つ下に当たる伯爵位の、たかが娘などが手を上げたとなれば、今この場で切り捨てられても文句は言えない。

しかしウェルミィが恐れたのは、その点ではなかった。

だって元々、死ぬつもりだったのだから。

問題は、なぜウェルミィがこんなことをしたのかを、お義姉様が悟ってしまったこと。

失敗した。

失敗した。

もう、どう考えても言い繕えない。

こうなったら、もうヤケだ。

「見損なったわ、エイデス・オルミラージュ！　実力主義の魔導卿と聞いていたけれど、とんだ大間違いだったわね！」

「誰に向かって口を利いている」

「貴方以外に誰がいると思ってるの!?　お義姉様の価値が分からない愚か者のくせに、偉そうにしてんじゃないわよ！　お義姉様の書いたレポートに目を通していないの!?」

魔導学で書いた、治癒魔術に関する魔力負担軽減魔術式の提唱論文も。

薬学での、治癒能力を向上させる薬草の組み合わせに関する仮説も。

それらを組み合わせた、治癒分野における魔導士の現場負担軽減に関する卒業論文も。

「あれだけの論文を、寝る間もないほどの領地経営に関する書類を捌《さば》きながら、お義姉様は書き上げたのよ!?　その頭脳は、魔導省の研究部門から誘いがあったほどのものだったわ！」

それだけでも、とんでもない逸材なのに。

「領地経営だって、無能のお父様が賭博に注ぎ込んでも、お母様が装飾品やドレスに無駄遣いをしても、それでもまだ持ち堪えるくらいの手腕を発揮していたわ！　まだ十代のお義姉様が、一人で！　容姿の美しさも、礼儀も、その瞳が象徴する魔力の量も！　魔術を操る才覚だって！　何もかもがたった一つでもこの世の至宝と言えるくらい、素晴らしいあの人を！」

その程度のことで、手放して埋もれさせて、良いわけがない。

「たかが血の繋がった愚か者がいるくらいのことで、手放して良いような安い価値の人じゃないって……気付けないような節穴の目をしているならッ」

ウェルミィは、カッと目を見開いて、魔導卿……いや、エ、イ、デ、ス、に指を突きつける。


「――――今すぐその偉そうな肩書きなんか、捨ててしまいなさいよッ!!」


せっかく助け出せたと思ったのに。

サバリンもお母様も、自分も消えて、ようやく自由にしてあげられると。

これ以上苦労しなくても、やっとお義姉様が幸せを手にして生きていけると。

「あなたに預ければ、それが叶うと思ったのに……！」

見込み違いだった。

節穴だったのは、ウェルミィの目の方だった。

エイデス・オルミラージュは、くだらない男だったのだ。

「これならそこの、臆病者にでも預けた方が、百万倍マシだったわよ!!」

じわ、と目の端に勝手に滲んでくる涙をこらえ、ウェルミィは肩で息をしながらエイデスを睨み上げる。

誰もが、黙っていた。

頬を叩かれ、言いたいことを言われたエイデス自身は、何を考えているのか読めない、青みがかった紫の瞳で、無表情にこちらを見下ろしている。

その沈黙を破ったのは、アーバインだった。

「っおい、臆病者! テメエ、イオーラから手を離せよ!」

その言葉に、お義姉様に目を向けると、目元を押さえて俯く彼女の肩をレオが抱き寄せていた。

「その女は俺の……!」

「あんたが黙りなさいよ、アーバイン! もうとっくの昔に、お義姉様の婚約者でもなんでもないんだから!」

「なっ……!」

ウェルミィが振り向きもしないまま怒鳴りつけると、アーバインが絶句した。

「今は、私がエイデスと話をしてるのよ! どうせ今の馬鹿な発言であんたも私も不敬罪に問われるんだから、そのまま死になさいよ！」

「は、ふ、ふけ……？」

「そんなことすらも気づいてないの!?　学校則に何で『在学中に限り、同王族に関する対応は不敬の責を問わない』って記載があったのか、考えたことすらないの!?」

少し考えれば分かることだ。

王太子は、ウェルミィたちと同学年だった。

貴族学校入学前は、お茶会での噂話がまことしやかに囁かれていたのだ。

王太子殿下はご入学されるのかと。

しかし、入学後に誰も彼の姿を見つけることは出来なかった。

でも、ウェルミィは知っている。

他にも幾人かは気づいているはずだった。


過去を遡れば、王太子となった人物は、誰も学校には通っていない。


貴族学校は、社交の一環であるはずなのに。

そして入学後、王太子は試験だけ受ける、という通達があった。

調べれば何故か、歴代王太子が入学年齢に達した年には、名前も聞いたことのない、領地も持たない、同じ苗字の男爵令息が必ず入学していた記録がある。

クラスは必ず上位に食い込む、男爵令息。

しかし成績表の張り出しではそこまで振るわず、上位クラスにギリギリ入れるくらいの成績。

代わりに、王太子殿下の名前は常にトップ近くにあった。


――影のように差すだけの、王太子。


学校に通っていないことはともかく、優秀な成績。

貧乏男爵の成績は、嘘だ。

ただそこにいることを示す為の……身分を隠す以外にも、それに気づいて近づいてくるだけの力量がある相手を見定めるために存在する偽装《ブラフ》だと、ウェルミィは思った。

彼の本当の成績は、王太子の名で記されている。

そして、ウェルミィがお義姉様とのレポートの入れ替えを思いついたのも、その成績表を初めて見た時だった。

「そうでしょう？　レオニール・ライオネル王太子殿下！　私は、貴方みたいな臆病者にお義姉様を預けるとは言っていないわよッ！」

お義姉様の肩を抱くレオに、ウェルミィは噛み付いた。

影の騎士でも気取っていたつもりなのか。

お義姉様の近くにはいた。

でもアーバインに絡まれても、お義姉様を守ろうともせず、身分を明かすことも国王陛下を恐れて出来なかった臆病者だ。

ウェルミィの目には、そう映っていた。

たとえ後でお義姉様を迎えるつもりであったとしても、それはお義姉様の学生生活を守っていたとはいえない。

さっさと身分を明かして、権力でもなんでも使ってお義姉様を攫ってしまえば、ウェルミィなんかよりずっと良い方法でお義姉様を守れたはずなのに、それをしなかったのだから。

ウェルミィの発言に、レオは苦笑して、指先を回す。

すると人差し指の指輪が光り、彼にかかっていた魔法が解けた。

髪は、王室の血に連なる証である紫色。

瞳は、攻撃魔術を得意とする金の色。

顔立ちは変わっていなくとも、印象はまるで変わる。

「う……そだろ……？」

アーバインの呆然とした呻きには、もう構わなかった。

言いたいことは言い尽くした。

計画は破綻した。

どちらにしたって、ウェルミィは破滅を免れない。

そう、思っていた。

なのに。

「くくっ……！」

エイデスは、堪えきれないように喉を鳴らして。

「……見事な啖呵だ、ウェルミィ・エルネスト」

おかしくて仕方がないとでも言うように、先ほどまでとはまるで違う、生き生きとした楽しげな笑みを浮かべて、彼は目を輝かせていた。

「教えてやろう。お前は不敬罪には問われない。他のどのような罪状にも同様にな」

「は……？」

言葉の意味が分からず、ぽかん、とするウェルミィに、銀髪を掻き上げたエイデスが告げる。

「伯爵家の真の告発者はお前だろう。私はそれに乗ったに過ぎない。……キルレイン法務卿と王太子殿下は、この件に関するウェルミィ・エルネストの全ての罪を赦すと書面に記し、国王陛下が承認している」

「…………は？」

まるで理解が追いつかない。

視線を彷徨わせていると、エイデスが言葉を重ねる。

『告発者を証人として保護する』という、法務省での慣例が、数年前に正式にこの国の法になった。自らをも巻き込んで破滅するつもりだったお前は、調べなかったのだろうがな」

エイデスは、ウェルミィの顎に指を添えて上向かせる。

「非常に面白い趣向だった。私までをも自分の思う通りに操ろうとは、見上げたものだ」

そうして、チラリとウェルミィの背後にいる者たち……サバリンとお母様、そしてアーバインに目を向けた。

その瞳からは一瞬で楽しげな輝きが消え、いつもの、氷のように冷たいそれへと変わっている。

「そこの愚者どもを連れて行け。もう、用は済んだ」

兵士たちが困ったように、キルレイン法務卿に目を向けると、司法を司る長は呆れたように頷き、それを許可した。

「一応、まだ貴人だ。そして陛下が処断する。王城近くの貴人牢へ入れておけ」

「はっ！」

「……」

「や、いやッ！　違うわ、これは罠よ！　わたくしは……ッ！」

「何で俺まで……し、知らなかっただけなのに……!!」

一番抵抗しそうなサバリンだけは、騒がなかった。

自分の凋落と娘の真実に、言葉もなくなったのか……あるいは、呆然としていて何も考えられないのだろう。

お母様は抵抗して金切り声を上げながら、アーバインは未だ自分の罪を理解していない様子で。

それぞれに連れ去られる。

ウェルミィはエイデスに顎を掴まれ、その騒ぎを見ることも出来ないまま……やがて再び静かになったところで、ボソリと呟いた。

「……離して」

「そんな要望が、出来る立場だと思っているのか?」

「口の利き方が悪い? ……ふふ、今さらだわ」

望みは叶った。

この後のことは、取るに足りない。

少なくとも、お義姉様を傷つけていた元凶たちは消えた。

それで十分だった。

誤算は、ウェルミィの罪が許されるらしいこと。

でも、その後の生き方など一つも考えていなかった。

与えられた許しは、長年背負っていた重圧が消えた虚脱感も相まって、ひどく鬱陶しいもののように思える。

平民として放り出されても、自分には手に職もなければ、一人で生きていく手段もない。

――いっそあの人たちと同じように、処罰してくれれば良かったのに。

それももう、国王陛下の捺印があるのなら覆らないのだろう。

「さて、ウェルミィ・エルネスト。……見事、エルネスト伯爵を含む〝膿〟を国から搾り出した手腕に敬意を表して、法とは別に私から何らかの褒美をくれてやろう」

どうする？　と問われて。

ウェルミィは即座に応じた。

自分のことは、何も思いつかないけれど。

「私に与えられた赦しを、全てお義姉様に。……そうすれば、お義姉様は卒業資格も取り消されないし、正当な評価を受けてどこへでも行けるでしょう？」

少しでも、彼女が良いように。

そんな願いを込めたウェルミィの提案に何を思ったのか、エイデスは満足そうに頷いた。

なぜ彼は、そんな楽しそうな目で自分を見つめているのか。

「ウェルミィ……」

お義姉様が、少し涙ぐんだような声を上げるけれど、ウェルミィはそちらを見ない。

見れない、と言った方が正しいけれど、見れたとしても見はしなかっただろう。

イオーラお義姉様のこれからの人生に、ウェルミィは必要ない。

「殊勝なことだ。たったそれだけで良いのか？」

「お義姉様との婚約も、破棄しないで」

ウェルミィは、もう仮面を被っていない。

どれほど顰蹙《ひんしゅく》を買おうとも構いはしないから、素直に全ての要求を口にしていた。

お義姉様が自由になっても、お金や後ろ盾は必要だ。

それが、あの人の才能を見極められるエイデスなら、と思ったから。

さっきの発言は、ウェルミィの正体を暴き出すためにわざと口にしたものなのだろう。

考える力が戻れば、避けられたはずの平手を受けたのは、暴言を吐いたことへの、彼なりの誠意だったのだろうと気付いた。

エイデスに添えられた、思った以上に皮が硬いひんやりとした指先によって、顔を背けることも出来ないまま出した要求に対して、彼は皮肉な笑みを浮かべる。

「私は、可愛がっていた王太子殿下の恋人を奪うような横槍は、入れたくないのだが」

「私は、あの人を信用してない。臆病者は、自分が危なくなったらすぐに裏切る」

はっきり口にすると、あまりにも不敬が過ぎる態度にだろう、再び周りがざわめいた。

しかし、王太子本人から何も言葉が出ないことから、誰も何も言わない。

ウェルミィの顎を摑んだまま、エイデスは軽く頭を寄せて来た。

清涼な香水の匂いが、鼻先をよぎる。

密やかで柔らかい声が、吐息の感触と共に耳元に滑り込んでくる。

「ふむ。まぁそれに関しては、後で言い訳をさせてやってもいいことだと思っているがな？」

そうして頭を離すと、エイデスは焦らすようにこちらを見下ろしてくる。

相手の思惑通りであると分かっていても、苛立ちが募った。

何故こんなにも、彼に感情を搔き乱されるのか、ウェルミィには分からない。


計画を全て見抜かれて悔しいから？

あるいは、手玉に取られているのが腹立たしいから？


どっちもあって、どっちも違うような気がしたけれど。

それでもウェルミィは、抗うのをやめなかった。

この紫の瞳に、嘘は通じないだろうことが、理解出来ていたから。

素直に本心を伝えなければ、目の前の小憎らしい男は、聞く気すら起こさないだろうから。

「ねぇ、他に私があげられるものなら、何でもあげるから。何でもするから。だからお願い」

「ほう、例えばどういうものだ？」

分かっていて、問いかけて来ている。

グッと奥歯を噛み締めてから、ウェルミィはエイデスを睨み上げた。

ウェルミィが、彼に渡せるものなど、ちっぽけなものしかない。

「この体くらいしかないわよ。でも、少しは楽しめると思わない？　……お義姉様には劣るけど、それなりに綺麗でしょう？　奴隷のような扱いでも文句は言わないわ。顔も見たくないというなら、処刑でも、北の修道院送りでも、何でも受け入れるから……だから……」

ウェルミィは、堪えていた涙が一筋、自分の頬を生温かく伝うのを感じる。


「お義姉様だけは……助けて……」


それだけが願いだった。

それだけの為に、今まで生きてきたのだから。

「お前たちは、姉妹で同じことを言うのだな」

「……？」

「何でもする。その言葉に、偽りはないな？」

抱いた疑問を問いかける間も無く、エイデスが言葉を重ねる。

「ええ」

彼の問いかけに、ウェルミィが頷くと。

エイデスは満足そうな笑みを浮かべて、こう告げた。


「――――では、お前が私の妻になれ。ウェルミィ・エルネスト」


エイデスのその言葉は。

お義姉様の婚約破棄を告げた時と同じような衝撃を、ウェルミィに与えた。

「……？」

思わず呆けていると、エイデスはククッ、と喉を鳴らす。

「お前は、姉のイオーラが助かれば何でも良いんだろう？　ウェルミィ・エルネスト。ならば、私の嫁になれ。そうすれば、姉は助けてやる。望むままに生きるだけの後ろ盾も与えてやろう」

お前が、私の要求を飲むのであれば。

そう、告げられて。

ウェルミィは、その真意を探るために、青みがかった紫の瞳を覗き込んで息を呑む。

言葉や揶揄《やゆ》するような態度と裏腹に、誠実な輝きに満ちたその目を。

そうだった。

初めて、彼と出会ったデビュタントでも、最初に見た時は、こんな目をしていた。

「お前のような女性を、私はずっと探していた。幾つの時から計画していた？　十を少し過ぎた頃か？　貴族学校では、もう仮面を被って振る舞っていただろう。あの夜会の時も」

――覚えていた。

エイデスにしてみれば、よくいる令嬢の一人でしかないだろう、少しぶつかっただけのウェルミィのことを。

「お前の人を見抜く審美眼は確かだ。カーラ嬢も、王太子殿下もそれを認めた。お前が何を意図しているのかを、正確に見抜く者はそれなりに多かったぞ。家令のゴルドレイに、クラーテスは、元々知っていたのだったか？　……そして、イオーラもだ」

――そんな気は、してた。

言われるまで、考えないようにしていた。

あの聡い お義姉様に、バレていないわけがないことを、認めてしまえば腑に落ちた。

だったら、この茶番劇の……ウェルミィが一人、道化としてエイデスの掌で踊ったことの幕引きは、もう彼の狙い通りの結末を迎えることでしか、成立しない。

逃げ道はない。

ウェルミィは、完敗したのだ。

「度胸と知略、我慢強さと解呪の才。努力を惜しまず、最良の道を模索し、最大の効果を狙って賭けに打って出る……そのコマとして、私すらも利用しようと目論むような、豪胆な女だ、お前は」

「お褒めに与《あずか》り光栄だわ」

吐き捨てたはずなのに、その口調は拗ねているような響きを帯びていることに、自分で気付く。

負けた相手に褒められたって、ちっとも嬉しくない。

「返答を、エルネスト伯爵家令嬢、ウェルミィ」

「申し出を受けるわ。エイデス・オルミラージュ侯爵様。……今この瞬間から、私は貴方のものよ」

ウェルミィの返答に、何故か歓声が上がる。

きっと観客にとっても、ウェルミィ同様に、予想外の幕引きだったのだろうから。

「ご来賓の方々。お、約、束、通、り、紹介しよう」

エイデスは顎から手を離すと、腰に手を回してウェルミィを抱き上げる。

「オルミラージュ侯爵家当主エイデスの婚約者、ウェルミィ・エルネストだ！」

その言葉に、ウェルミィは本当に、最初から仕組まれていたことを思い知った。

だって彼は、最初に。

『オルミラージュ侯爵家の、婚約者を紹介しよう』と口にした。


――それがお義姉様だとは、一言も言っていなかったのだから。

5✦夜会の後で

「さて、我が妻ウェルミィ。何か聞きたいことがあるんじゃないか？」

あの後。

そのまま改めて始まった披露宴の場を一度辞して、幾人かが別室に集まっていた。

エイデスとウェルミィ。

そしてイオーラお義姉様と、レオニール王太子。

キルレイン法務卿と、クラーテス先生。

カーラ子爵令嬢に、あの茶番の場にはいなかったけれど、何故かちゃっかり同席している、家令のゴルドレイ。

そして、二つ年上の侍女、オレイア。

この件について、多くの関わりがあっただろう面々だった。

と言っても、キルレイン法務卿は単に証人取引の用紙にサインを求めに来ただけで、すぐに退出していた。

『後ほど正式な調書を取る』とだけ言い置いて。

「……別に、聞きたいことなんて何もないわよ」

ソファに腰掛けたまま、ふい、と顔を逸らしたウェルミィに。

耐えきれなくなったように、横からイオーラお義姉様が抱きついて来た。

「お、お義姉様？」

「ごめんなさい、ウェルミィ……！　助け出すのが、遅くなってしまって……！」

そう言って、目尻に涙を浮かべて細い肩を震わせるお義姉様は、記憶にあるよりも遥かに健康的で肉付きが良くなっていた。

ウェルミィはその事実に安堵しつつも、戸惑いながら首を横に振る。

「別に、私は酷い扱いを受けていたわけじゃないし、謝られても困るわ」

お義姉様が気に病むことじゃない。

むしろ酷い境遇から救うのが遅くなったのは、ウェルミィの方なのに。

そう思っていると、お義姉様は、ちょっと涙で化粧が崩れてしまったウェルミィの目の下を、頬にそっと添えてくれた手で撫でる。

「クマがひどいわ。それに、少し痩せてる。……わたくしがいなくなった後、サバリンがやらなかった領主の仕事を、ゴルドレイと一緒にやってくれていたのよね？」

「……お義姉様のように、上手くは出来なかったわ」

お義姉様と違って、ウェルミィにそこまで高い能力はない。

せいぜい、領民にだけは迷惑が掛からないよう、種々の物事に対応するくらいが精一杯だった。

たったそれだけでも、だいぶ睡眠時間を削ることになったので、あんな環境で長年家を支え続けたお義姉様には頭が上がらない。

「それに私は、お義姉様に酷いことをしていた側よ」

「違うわ、ウェルミィ。貴女は、出来る限りのことをわたくしにしてくれたもの。……少しでも両親に目をつけられないように、わたくしの容姿を隠して、離れを準備してくれたでしょう？」

「……」

「それに熱で寝込んだ時に、お医者様を呼んでパン粥をくれたのも、貴女だったわ」

ねぇオレイア、とお義姉様が水を向けると、家の中でゴルドレイ以外に唯一信用出来た侍女が、黙って頭を下げる。

「……ゴミだって言って渡したのに」

「あの日私は『イオーラお嬢様の食事は必要ない』と仰せつかっておりました。それなのに、ウェルミィお嬢様がパン粥を持ってきて下さいまして、驚いたのです」

あまり表情の変わらない侍女が、今日は微かな笑みを浮かべていた。

「それに、イオーラお嬢様の、お母様の形見の宝石と、その他の高価な装飾品も……もし失敗した時に、イオーラお嬢様が困らないようにと、持たせて下さったのでしょう？」

「嫌がらせよ、あんなの！」

「嫌がらせで、わたくしの名前を刻んだ装飾品をこっそり荷物に紛れ込ませたの？」

「し、知らなかっただけよ！」

クスリと笑うお義姉様には、何もかもお見通しだったのだろう。

バレていると分かってはいても、長年培った態度は、そんなにすぐには変えられない。


——恨まれたかったのに。


バカな失敗をした、と周りに思わせるために、わざわざ魔導刻印をお義姉様の名前にしたのは事実だけれど。

感謝されると、むず痒くて顔が赤くなる。

なのに、白髭を蓄えたゴルドレイが、さらに余計な口を挟んできた。

「あれらの名前は、ウェルミィお嬢様自身が、自分の装飾品を売られた分でお買い上げになり、ご署名をされております。そういうことなのだろうと察してはおりましたよ」

「……っ！」

家の財産はどうせ最終的に没収されるのだからと、最低限夜会に困らないだけのドレスと装飾品以外は全て売り、高価で嵩張らない宝石へと換えた。

無駄口を叩いたゴルドレイを睨みつけながら、ますます頬が熱を帯びるのを止められない。

それを、微笑ましそうにこっちを見てくる彼の表情も、気に入らなかった。

「ですが、王太子殿下とご学友様は、どこで気が付かれたので？」

ゴルドレイが質問を投げると、カーラとレオが顔を見合わせた。

殿下からどうぞ、とでも言うように、強気な顔立ちの子爵令嬢が肩をすくめ、レオが口を開く。

「最初に違和感を感じたというか、驚いたのは、ウェルミィが俺の正体を見破ってたからだ」

『あなたみたいな臆病者』という侮蔑の言葉の意味を、彼は正確に読み取っていたのだろう。

確かにあの時、レオは何故か驚いていた。

「イオーラが紫の瞳を持っているのを偶然知った後、家のことを調べて姉妹だと分かったから、余計に違和感が強まった」

痩せ細って不健康で、オシャレもせずに古そうなドレスを着ている少女と、いつも派手な格好でアーバインみたいなのにベッタリな女が姉妹だったら、それはそうだろう。

「付き合ってるのも大した連中じゃなかったり、噂話が大好きな御令嬢ばかりだったのに、あれを言われたからな……なのに、俺の正体が広まっている様子もない。何か狙いがあってのことだと、そこで気付いた」

そして、事情を推察してカーラと話し合い、動き出そうとしたレオたちを止めたのが、なんとお義姉様だったらしい。

「『今動くと、ウェルミィが困る』ってね。自分の方がよほど酷い状況にいるのに、何を言ってるのかと思ったよ」

そこで、彼らは実家の罪を暴いてお義姉様を救い出すのではなく、皆にバレないようにお義姉様を保護するように計画を変更したらしい。

きちんとした食事を取らせる為に、本来なら王族しか入れない、貴族学校の緊急脱出路に繋がる小部屋を改良して『サロン』にし、昼食を共に。

さらに信頼出来る人材を選抜して、表にバレないようにメンバーにして、昼休みや放課後に、お義姉様との交流を図らせたと。

道理で、途中からお義姉様自身やレオを見かけなくなったわけである。

実家での生活も、レオが私財からお金を出して、わざわざ〝影〟を使う許可まで陛下に貰って、お義姉様の住む離れに快適に過ごすための服や資材等を援助していたのだとか。

お義姉様の為に家のお金をあまり動かすとウェルミィのやっていることがバレる、という事情もあり、ゴルドレイやオレイアが、その辺りの根回しをしていたらしい。

――そんな事情が。

だったらレオにとっては、ウェルミィの評価はさぞ不服だったことだろう。

「結構苦労したんだ、父上を説得するのも。サバリンたちを泳がせる条件として〝影〟を一人動かす以外は全部、自分に与えられた予算の中で一人でやれって言われて、卒業までは正体明かして婚約を申し込むのもダメだって言われたりな」

お義姉様は、愚痴を漏らすレオに口を尖らす。

「ですが、殿下。あの時はまだ未成年で、ウェルミィまで逃すためには準備も不十分で……わたくしだけなら扱いを理由に離れることは出来ましたけれど、この子には、証人として動いて貰わないと、どうしようもなかったでしょう？　領民も困りますし」

「まぁ、ウェルミィは実際、大事にされてたしな」

「それに、二重帳簿に気づいた時にサバリンに進言したら、止められたので……何か狙いがあって、わたくしが気付くように計らったのだと」

少なくとも、両親の虐待を理由にウェルミィがあの家を出るのは、不可能だった。

告発者でなければ、同じく脱税に関与していたとして断罪されていてもおかしくはなかったし、そうでなくとも平民落ちで養護院行きだっただろう。

「……私は、一緒くたにどうにかしてくれて良かったのに」

「良いわけがないでしょう？」

自分を気にしなければ、もっと早くお義姉様が救われていたのに、と不満を見せるウェルミィに、窘《たしな》めるようにお義姉様が口にする。

「うちに来て早々に、『妹だけは助けて』と泣かれた時は、どうしたものかと思ったがな」

ソファで悠然と足を組み、背もたれに肘をかけて頬杖をついたエイデスがニヤニヤとまぜっ返すと、お義姉様は顔を赤くした。

エイデスは、外で見せる酷薄な印象とは随分と雰囲気が違う。

傲岸な態度も美形は似合って得だと思いつつ、嗜虐的で楽しそうな、感情豊かな様子が、どうやら素のようだ。


——私、この人の妻になるのね……。


実感は湧かないけれど、この先を想像してウェルミィは内心でうんざりした。

美形で、頭が切れて、才能もあって、人を虐めるのが好きそうなエイデスに『何でも言うことを聞く』と約束させられてしまっている。

どんな要求をされるのかと今から怯えつつ、これは確かに、目をつけられたのがお義姉様でなくて良かったかも……と、そんな気持ちが頭をよぎった。

……まぁ、カッコいいし、最初に一目見た時の印象が良かったから、ウェルミィ自身は、婚約するのが嫌だってほどでも、ないけれど。

誰にともなく言い訳している間に、お義姉様たちは話を進めていた。

「苦労した、みたいな言い草だが、エイデス。貴方はイオーラが泣いた時、俺にその対応を放り投げただろ！」

「なんと、王太子殿下。貴殿はあの時、惚れた女の相手をするのが嫌だったのか？」

「そんな事言ってないだろ！」

「ならば、私の行動は間違っていないな」

ククク、と喉を鳴らしながらからかう口調でエイデスに言われて、レオが焦っている。

レオを可愛がっていた、というのは事実なんだろうな、と思わせる、気安い関係だ。

「で、そちらのカーラ嬢は？」

「わたしは、殿下と似たような理由ですよ。ウェルミィが、爵位だけはそこそこの子女を侍らせていたので、益があるかと近づきました。その後、婚約者のイオーラを差し置いてアーバインとベタベタしてるので、苦言を呈しました」

「それで？」

「ウェルミィが『お行儀よくしたいなら姉のところへ行け』と。最初は嫌味かと思いましたが、ふと気付いたんです。ウェルミィが一度も、イオーラの悪口を言っていなかったことに」

それは、事実だった。

他の場所でお義姉様のことを周りがどう言っていても放置したけれど。

目の前でアーバインを筆頭に取り巻きたちが悪口を言うたびに、ウェルミィがしていたことは、たった一つだけ。

『あの人の話は聞きたくないわ』と、嫌な気持ちを隠さず顔に出していただけだった。

だって実際に、お義姉様の悪口なんて聞きたくなくて。

続けられたら、エイデスにしたみたいに手が出てしまいそうだったから。

アーバインは単にウェルミィが『自分を好きだから嫉妬してる』と勘違いしてくれたし、他の皆も話したくないほど嫌いなのだ、と勝手に忖度《そんたく》してくれた。

「オルミラージュ侯爵様は、どうだったんですか？」

「私は、レオの手紙を預かった段階でお膳立てが全て整っていたからな。熱烈なラブレターに興味を引かれただけだ」

言いながら、ちらりとこちらに目を向けるエイデスに、眉根を寄せて顔をしかめる。

「ラブレターなんか、送ってないわ」

「そうか？『貴方はこんなにも素晴らしい人で、私は惚れ込みました。だから一番大切で素敵なお義姉様を預けたいです』と書いてあったように思ったが」

「っ……自意識過剰よ!! ナルシストなんじゃないの!?」

「まぁ、そう思いたいならそれでいいがな」

——本当に、なんて嫌味な男なのかしら！

恣意《しい》的に解釈しすぎだと憤慨するけれど、大枠は間違っていないので、さらに腹が立つ。

あの時は興味を持ってもらおうと必死で、相手がどういう風に受け取るかなんて考えている余裕もなかったし、エイデスがこんな性格だとも思っていなかった。


——知っていたら、誰が、誰があんな……！


う〜、と唸っていると、お義姉様にニコニコと背中を撫でられ、エイデスの顔がますます緩む。

「まぁ、そんな事情で向かった先に、クラーテスが居て驚いたがな。ウェルミィの人脈はどうなっているのかと、その時点で愉快だった」

「……まぁ、娘だからね」

多分、公爵家を出て、直後にお母様に裏切られたからだろう。

エイデスよりは上だけれど、老け込むには早いくらいの年頃のクラーテス先生は、苦労を示すように髪の毛が半分くらい白髪混じりだった。

苦笑しているクラーテス先生に、ウェルミィは目を向ける。


——私の、本当のお父様。

そして、解呪の魔術を教えてくれた師匠。

薄々感じていたことが事実だった今、彼にどういう目を向けたら良いのか分からず、ウェルミィは戸惑っていた。

「私は今でも、イザベラが何故あのようなことをしたのか、疑問に思っています。彼女がいなくなった後、貴族との繋がりが切れていた私は、エルネスト伯爵の愛人となっていたことを知る術がなく……見つけることが出来なかった。彼女は手がかりを残していなかった上に、社交に出始めたのも、後妻となってからだったようなので」

公爵家との縁を切って平民になり、お母様に裏切られたクラーテス先生。

お母様は平民で、それも養護院で育った人だったのに、公爵令息と伯爵家の次男坊を手玉に取ったのだ。

その手腕だけは、ある意味評価出来る気がした。

悪い方の手練手管だけれど。

ウェルミィは、自分の行動力は母親譲りなのかも、と思って複雑な気持ちだった。

外から見れば、自分も同じようなことをしていたのだから。

「彼女を認めなかったリロウドの家の方が正しかったのかと、あの頃は随分悩みましたよ。公爵家を出たことは、後悔していませんが」

「貴方は昔から、公爵家を継ぐのを厭《いと》うていたからな」

「そうなんですか？」

「うん。領地経営は私には向いていないし、薬学や解呪の研究で、人々を助けることに力を尽くしたかったんだ。苦労は確かにしたけれど、今の生活が気に入ってるよ。……その始まりに、イザベラと君がいたら、と考えると、今でも少し寂しいけれどね」

そう言って、クラーテス先生は小さく笑った。

「そう……ですね」

ウェルミィも、そんな生活をふと考えてみた。

お義姉様を虐げる理由を見つけた時のお母様は、幼心に怖かった。

でも、ウェルミィに対しては、お母様は優しかったのだ。


——お母様がサバリンの愛人にならなかったら、そんな生活があったのかな。


考えてみたけれど、過ぎてしまったことだ。

エイデスは、そんな彼の生き方を認めているようで、何も言わない。

クラーテス先生とエイデスは、ひと回りに少し届かない程度には離れているだろう。

エイデスとレオも、多分同じくらい離れている。

レオがエイデスに気安いように、クラーテス先生とエイデスの間にも、立場の違いはあれど似たような空気が漂っていた。

落ち着いた兄とヤンチャな弟。


――もしかしたらこの三人は、本質的には似たもの同士なのかも。


一人は、公爵家を出て平民と結婚する、なんて無茶をするし。

一人は、突っかかった相手を嫁にする、なんて言い出すし。

レオも、結局お義姉様に止められなければ、動こうとしてたみたいだし。


と、それぞれに見栄えは全く違うが、美形な三人について考えていると、エイデスがふとこちらを見る。

「失礼なことを考えている顔をしているが、ウェルミィ。一番無茶苦茶なのは間違いなくお前だが？　さすがクラーテスの娘といったところだ。なぁ、義父上？」

突然エイデスに水を向けられて、ウェルミィは顔をしかめた。

チラリと見上げると、クラーテス先生も同じように苦虫を噛み潰したような顔をしている。

「あんな大ごとにしたのは、私じゃなくて貴方でしょ！　エイデス・オルミラージュ！」

「君に義父上と呼ばれるのは、出来れば遠慮したいね……」

「ダンスの後に口火を切ったのはお前だろう、ウェルミィ。そして、彼女は私の妻となるんだぞ、クラーテス。立場上、お前を義父と呼ぶのは、全くおかしなことではない」

「それでも、だよ、エイデス。遠慮したいものは遠慮したい。一度平民になった公爵家の長男が、筆頭侯爵家当主様にそう呼ばれるなんて、恐れ多くてね？」

義父と呼ばれるのが嫌なのは事実だろうけれど、後半は軽口の類いだと思う。

そんなクラーテス先生とエイデスそれぞれに顔を向けて、ウェルミィは眉尻を下げた。

「あの、それのことなんですけど……」

「何だ、ウェルミィ。お前が今更敬語など、猫を被っておねだりでもするのか？」

「く、クラーテス先生と貴方が話してたから混じっただけよ！　そうじゃなくて……身分が……」

とウェルミィが口にする意味を、当然その場の人間は全員悟っていた。

エルネスト伯爵家が取り潰しになることがほぼ確定している以上、イオーラお義姉様とウェルミィの身分は平民になってしまう。

そうなると……一万歩ほど譲った上で、お義姉様が良いと仰るのなら……彼女がレオの婚約者となることも、ウェルミィが約束通りにオルミラージュ侯爵家に嫁ぐことも、非常に難しい問題になってしまう。

口籠ったウェルミィに対するエイデスの返答は、ごくあっさりしたものだった。

「平民になる前に、婚姻を結んでしまえばいいだろう。エルネストの爵位と領地は、一時的にイオーラの預かりとなるように根回しを進めている」

「え？」

「領地管理や引き継ぎ資料の整理について、最も熟知しているのが彼女だ。国に爵位を返還するにしても、王室の管理になるのか別の領主に褒美として下賜するのかで時間も必要だろう」

その為に、イオーラお義姉様が一時的にエルネスト女伯になるそうだ。

本人は承諾しているようで、ニッコリと頷いた。

「領地を引き継げば、後は爵位だけ持ってレオと婚約すればいい。それで解決する」

「え、でも、私の方は……」

ウェルミィが血筋を理由に継承権を失うのなら、縁戚上の扱いはどうなるのだろう。

離縁を申し渡された訳でもないから、そのままお義姉様の妹として婚約するということだろうか。

そう伝えると、エイデスは呆れ返ったような顔で深く息を吐いた。

「クラーテス？」

「ああ。……ウェルミィ。私が君を認知するよ。一級解呪師になってリロウドの家と和解した時に、領地なしの伯爵位を押し付けられたからね。証拠があるから、実子として認められるはずだ」

「……クラーテス、先生の？」

まさかそんな事を言ってもらえるとは思わなくて、ウェルミィは戸惑う。

確かに私はクラーテス先生の子どもかもしれないけれど、同時に母イザベラの子でもある。

彼を裏切った女の、産み落とした子どもだ。

「……君は、自信満々なのか、自己肯定感が低いのか、よく分からないね？」

クラーテス先生は苦笑して、ウェルミィに近づいて膝を落とし、ぽん、肩に触れた。

「君が実の子ではないかと魔力波形解析をしたのも、君を弟子として受け入れて育てたのも、私だよ。たとえ血の繋がりがなかったところで、可愛くて優秀な弟子を見捨てるような師に、見えていたかな？」

そう問われて。

ウェルミィは何故か、また涙がじんわりと滲んで来た。

どう言葉を返していいか分からず、視線を彷徨わせた後に。

おずおずと、微笑みを返す。


「あ、ありがとうございます……お父様」


小さくつぶやくと、なぜかピシリと、クラーテス先生が固まり、それから破顔した。

「いや、悪くないなこれは」

「？」

彼がそう漏らすと、周りの皆も口々に言い出す。

「昔見せてくれた照れた笑顔と変わらないわね、ねぇオレイア……わたくしの妹は、なんて可愛らしいのかしら……」

「ええ、本当に。またウェルミィお嬢様のこんな笑顔が見られるなんて。ねぇ、ゴルドレイさん」

「ほんに。感無量にございます」

「普段は他人を見下したような笑顔しか見せなかったくせに、こうして見ると、雰囲気がイオーラによく似てるな」

「血の繋がりはないのに不思議ですね、殿下。いつもああいう顔をしていれば良いのですけれど」

そして最後に、エイデスがどこか皮肉げな笑みを浮かべ、それでいて温かな眼差しをこちらに向けてくる。

「我が妻は、皆に愛されているな。が、あまり殊勝でも面白くない。私の前では不遜に振る舞え」

——皆して、好き勝手言って！

居た堪れなくて顔を真っ赤にして、ウェルミィは俯いたが。

それでも、そう、悪い気分じゃなかった。

6 愛という名の破滅

披露宴を終えた日の深夜。

というか、結局ウェルミィたちはほぼ出席することなく、主催不在の夜会となった集まりの後。

ウェルミィは伯爵邸へ帰らせてもらえなかった。

それどころかエイデスに、披露宴が開かれたオルミラージュ侯爵家の別邸から出ること自体を、当分の間は禁止されてしまった。

エルネスト伯爵家の醜聞に関する諸々が片付くまでは、出歩くのは危険だということで、一時保護扱いにするという。

オルミラージュ侯爵家は、先代の時からずっと、保護を目的として没落貴族家の子女を積極的に雇い入れているらしい。

対象は主に、犯罪に巻き込まれた被害者や加害者の家族であったり、主人を失って没落した未亡人とその令嬢だったりするそうだ。

その実績から、ウェルミィの身柄預かりもあっさり認められてしまった。

――権力と実績って凄まじいわね……。

筋さえ通っていれば、詭弁も簡単に罷《まか》り通るらしい。

そんなことをしみじみと考えている間に、ウェルミィは侍女たちの手によって、湯浴みをさせられたっぷり磨き上げられ。

肌触りのいい夜着……決してネグリジェなどではなく、普通の……に着替えさせられて、エイデスの私室に放り込まれてしまった。

「来たな」

ニヤリと笑う彼は、寝具から少し離れた場所に置かれている二人掛けのソファに座っていて、酒ではなく果実のジュースを手にしていた。

――まさか、結婚前に夜伽の相手をさせられるのかしら……？

『どんな扱いでも構わないし、何でも言うことを聞く』と約束したウェルミィに拒否権はないけれど、流石に表情は強張る。

「心配するな。お前は、惚れた相手をどれだけ無体な男だと思っているんだ？　ウェルミィ」

「……残虐非道の魔導爵閣下であると、社交界ではとても有名ですわ、エイデス様」

あえてご令嬢口調で告げてやると、エイデスはクックッと喉を鳴らしてから、テーブルにジュースを置いて、ソファの脇をポンポンと叩く。

こちらに来い、ということだろう。

大人しく移動すると、座る前に腕を引かれて、ウェルミィは彼の胸元に倒れ込んだ。

すっぽりと抱き締められて体を預ける形になり、頰に当たったエイデスの温もりと、ほのかに香る石鹸の匂いに当てられる。

「……これは、無体ではないの？」

「そういうのが好みなようだったから、そのように振る舞っているが」

顔が熱くなっているのを悟られたくない、と思っていると、彼はそれ以上何をするでもなく、ウェルミィの髪に鼻先を寄せる。

「どうした？　人前でも男とベタベタひっつく恥知らずとは思えん反応だが？」

その問いかけに、ウェルミィは答えない。

すると、エイデスは強権を発動した。

「質問に答えるのはお前の義務だぞ、ウェルミィ。どうしてそんな初心《うぶ》な顔をしているんだ？」

——絶対分かってて楽しんでるでしょ！

エイデスの胸元に添えた爪を軽く立てて睨み上げるが、全く応えた様子がない。

「……嫌いなヤツに触られたって、おぞましいだけでこんな気持ちにはならないもの。今とは状況が違うわ」

ウェルミィは、当然のことだけれど、アーバインに身の内を暴かれたりはしていない。

ただ、体を撫でられたり、こちらから腕に手を回したり、は、した。

お義姉様のところへ行かせない為なら、何でもするつもりだったから。

「その喋り方でいろ。私しかいない時に仮面を被るのは許さん」

質問に答えたからか、満足げに目を細めるエイデスに「変わった趣味ね」と言い返す。

「ねぇ、私のどこが良くて、そんな楽しそうなの？」

なんだか、お義姉様を逃すためにやった色々なことを評価してくれたような物言いだったけれど。

多分それは、女主人としての手腕がありそうなことを、買っただけだと思う。

エイデスは、女嫌いとまで言われるほどにご令嬢を寄せ付けず、それ以外にも女性に手を出したという噂すら存在しない人だ。

この顔に、侯爵としての実績と権力を合わせれば、きっとよりどりみどりの筈なのに。

だからこそ信用したし、お義姉様の賢さを買うと思っていた。

なのに、今のこの触れ合いはどうしたことだろう。

ウェルミィを弄ぶのを……自分の言葉や行動に対する反応を、愛でて楽しんでいるような。

「そうだな。その質問の答えを言うのは簡単だが……初めて出会った夜会で、見ていたのはお前だけではない、ということだ」

「……貴方が、私を？」

「エイデスだ、ウェルミィ。名前で呼べ」

そう言われて。

ウェルミィは、彼が頻繁に、自分の名前を呼んでいたことに気づく。

敬称もない名前呼びは、親愛の証だ。

「……エイデス。なぜ？」

「興味を惹かれたのは、お前が、私の目だけを見ていたからだ」

エイデスは、顔立ちが整っている。

女嫌いと噂されても、その怜悧な容姿だけで羨望の的になるくらいに。

青みがかった紫の瞳と、夜の静けさを思わせる銀の髪。

「何かを貪欲に探るような、しかしそれを悟らせまいとするような、あの一瞬の切り替え。その目線の中に、数いるご令嬢や夫人がたのような、外面だけを見る好色な気配が一つもなかった」

「それはそうよ。だって私は、お義姉様を預けられる人を探していたんだもの」

エイデスの手が、ウェルミィの髪を撫でる。

「だがお前は、私に惚れただろう？　あの一瞬で、私の内面を覗き込んでな」

その言葉に、ウェルミィは息を詰めた。

つい、と視線を逸らし、唇を尖らせる。

「そんなわけないじゃない。自信過剰よ」

「ウェルミィ。仮面を被るなと言っただろう？　そういうことをされると、夜着ごと引き剝がしたくなってしまうぞ？」

言いながら、しゅるりと胸元のリボンを解かれそうになり、ウェルミィは慌ててその手を摑む。

「まっ……」

「本心を喋る気になったか？」

「……っ！」

服を脱がされるのも、本心を喋るのも、どっちにしたって恥ずかしいのに。

う〜、と、何だか理不尽な二択を迫られたウェルミィは、勇気を出して声を上げた。


「…………そうよ…………」


その答えに満足したのか、リボンから手を離してエイデスがどこか嬉しそうにうなずく。

もう、顔どころか耳元や首元まで熱い。

ウェルミィは、確かにあの瞬間にエイデスに好意を抱いていた。

一目惚れというほど衝動的なものではなく……無遠慮にウェルミィの容姿を舐め回し、好色さを滲ませるアーバインや同級生たちとは違うものを、彼に感じたのだ。

人の本質を見極めて、どう相手をするかを決める。

それはきっと、ウェルミィの生き方と似ていたから。

確かに、あの時からエイデスに惹かれていた。

言葉を交わしたこともないのに、調べれば調べるだけ、どんどん惹かれていった。


――認めるわけにはいかなかったけれど。


エイデスは、そんなウェルミィの内心を逆に覗くように、目を細める。

意地悪なくせに。

そんな優しい目をしないでほしい。

「たかが16やそこらのご令嬢が、ひどく好ましい反応をしたら、私とて興味を惹かれる。その横にいた男があまり見合わない不貞腐れた凡骨であれば、尚更だ」

ウェルミィが見ていたように、エイデスも見ていた。

きっと、同じような目線で。

「だからといって、私はそこから、何かをどうしたということもない。だが、二年経ってお前から贈られた手紙を見て、思い出した。これはあの時の女か、とな」

そして興味を覚えて調査を始めてイオーラのレポートを取り寄せ、伯爵家の裏取りをし始めた辺りで、全く同じ二通目の手紙をレオが持ってきたのだと。

詳しく聞いていなかったけれど、その経緯でなぜ、と、ふと浮かんだ疑問を、ウェルミィはエイデスに投げかける。

「レオに聞く前に……？　何で、あの手紙が私のものだと思ったの？」

ウェルミィは、匿名で手紙を出した。

レオに手紙を預けたことでバレる可能性が高かったとしても、最初は誰の仕業か分からないように、慎重に振る舞っていたつもりなのだけれど。

頭を傾げると、頭に置かれていたエイデスの手が滑り落ちて、ウェルミィの頰に添えられる。

「そこに気づかないから、詰めが甘く露見したんだ、ウェルミィ。……筆跡は誤魔化せない」

「嘘……だって、私の筆跡は」

「イオーラのものにわざと酷似させていたんだろう？　姉の筆跡を見る機会は多かっただろうしな。だが、どれだけ真似ても個性は出るものだ。イオーラの筆跡は美しく、お前の筆跡は少し丸く可愛らしい」

手紙の筆跡は、過去にお義姉様の名で提出されていたレポートと同じだったと。

「……やっぱり、私程度じゃお義姉様の真似は無理だった、ってことね」

「お前とイオーラの素質は、比べるようなものではない。全く別の才覚が、ウェルミィにはある。そして私が求めていたのは、お前のような女だ」

「全然分からないわ」

自分に、お義姉様より優れた点があるなんて、どうしても思えない。

なのになんで。


――エイデスはまるで、私に憧れていいるような目を、しているの？


でも、彼にそれを問う前に、言葉を重ねる。

「お前とイオーラは、性格も外見もまるで違うだろう。そして、優しさの見せ方も……あの凡骨に、唇は許したか？」

頬を撫でていた手が止まり、親指がウェルミィの唇に触れる。

「……何度か」

正直に答えた。

どうせ、嘘はすぐにバレる。

アーバインは、そういう触れ合いを求めていた。

あまりに拒絶したり、はぐらかしたりすれば、無駄な不興を買うと思ったから。

嫌そうに顔を歪めたのに気付かれたのか、エイデスは頭を横に振る。

「……失望した？」

「いいや。舞台役者が、演技のために唇を交わしたところで、それを不埒だと思いはしないだろう？」

言いながら、頭を寄せて、エイデスは触れるだけの口づけを落とす。

「仮面を脱いだウェルミィ自身の初めては、全て私のものだ。今奪った唇も」

その口づけは、アーバインとの不愉快なものとは全く違って。

体の内側から熱が湧くような、甘やかなものだった。

言葉の選び方も、声の心地よさも。

全部、その全部が、ウェルミィを惹きつける。

存在そのものが、甘い毒のように、ウェルミィを蝕んでいく。

「嫌だったか？」

「……いいえ」

「そんな顔をするな。じっくり楽しみたいのに、今すぐに全て奪いたくなってしまうからな」

言いながら手を離したエイデスは、ウェルミィの腰に手を回して、要求する。

「次はお前からだ、ウェルミィ」

「っ……そんなの、無理……！」

恥ずかしい。

恥ずかしい。

ただ抱かれているこの状態だって、心臓が壊れるのじゃないかと思うくらいなのに。

自分からなんて。

なのに。

「何でも言うことを聞くんじゃないのか？」

「っ……ズルい……」

これから先、ずっと。

きっとこうやって、ウェルミィに要求してくる気なのだ、この男は。

「…………目を、閉じて。せめて」

「いいだろう」

青みがかった紫の瞳が、まっすぐに見抜いてくる目が、まぶたの奥に隠れる。

大きく息を吸い込んで、自分も目を閉じて。

ウェルミィは、口づけを落とした。

彼の額に。

目を開いて不満そうにするエイデスから、ウェルミィは目を逸らす。

「……どこにしろ、とは、言われてないわ」

「良いだろう。次からは、場所も指定しよう」

ひょい、とウェルミィを軽く抱き上げて立ち上がったエイデスによって、ベッドに運ばれる。

「今日は、疲れているだろうから何もしない。だが、これからお前の寝室はここだ」

「そっ……！」

「拒否権はない。そうだろう？　ウェルミィ……」

耳元で、声が響く。


「──お前はもう、私のものだ」


ああ、とウェルミィは思う。

何でこうなったんだろう。

本当に何で。


──破滅だわ、これは。

関われば関わるほど、自分を壊していく毒のようなこの男は、きっともう一生、逃してはくれないんだろう、と。

そんな予感と共に、ウェルミィは諦めた。

{裏}

最愛の人に祝福を

PRIDE OF
A VILLAINESS

1 少女たちに救済を

――ウェルミィたちの卒業が間近に迫った、ある日。


「面白い相手だ」

魔導卿……エイデス・オルミラージュは、あまりにも今まで接して来たご令嬢とは毛色の違う手紙の主に思いを馳せながら、薄く笑みを浮かべていた。

オルミラージュ侯爵家の別邸。

その執務室で、パサリと手紙を机に放り出したエイデスは、背もたれに体を預けると、足を組んで両手の指を腹の上に乗せる。

そして、この手紙を携えて久しぶりに自分のところを訪ねてきた青年……紫の髪に金の瞳を持つ王太子、レオニール・ライオネルを見据えて、片頬に笑みを浮かべた。

「それで、これを私に見せてどうなさるおつもりですか？　王太子殿下」

「相変わらず物言いが嫌味ったらしいな、エイデス。俺たちしかいない時は、レオでいい」

8つ下で、弟のように懐いていたレオの言葉に、エイデスは肩をすくめた。

「臣下に対して無礼を許すなど、ご威光が削がれるぞ。レオ」

「臣下、ね……王室よりも権力を持っていると囁かれている男に対して、プライベートまで偉そうに出来るほど読めないいと思われてるのは心外だな」

こんな軽口を叩き合うのも、当然久しぶりだった。

しかしレオの言う通り、オルミラージュ侯爵家は王室でも無視出来ないほどの権威を持っているのは間違いない。

実際、一つ格の落ちる侯爵家であるにも拘《かか》わらず、公爵家と並ぶどころか、それを差し置いて貴族筆頭の地位にあるのだ。

なぜ、それほどまでの権勢を誇るのか。

もちろん歴代当主の努力による部分も大きいが……オルミラージュ侯爵家が礼をもって接される理由は、ライオネル王国建国に遡る。


ライオネル家は、前王国時代には南部辺境伯に過ぎなかった。

武の家系であったライオネルは兵を指揮することに優れていたが、強い魔力を持つ家系ではなかったせいで、前身となった王国では扱いが悪かった。

故に当時のライオネル当主が、多くの優れた魔導士を輩出していたオルミラージュ家とのつながりと血筋に宿る魔力を求めたのである。

真摯に請われた当時のオルミラージュ家当主もまた、ライオネル辺境伯家の優れた武勇を買い、最も強い魔力を持つ、紫の瞳を持つ自分の娘を嫁がせた。

そうして生まれた子どもたちは紫の瞳は持たなかったものの、金銀の瞳を備えており、瞬く間に自身の兵団に魔導の力を取り入れて、より強大な戦力を手にした。

さらに下地が出来た頃に、平民であっても強い魔力を持つ者を積極的に雇用して育て、さらなる発展を目指した。

元々、危険の多い辺境は実力主義の側面が大きかったのも、反発が少なかった理由だろう。

そんなライオネル家が王家となった事情は、彼らに非があるとも言い難い状況からだった。

当時のライオネル辺境伯家を危険視した王族や貴族連が、治癒の力を持つライオネルの娘を側妃に、と望んだのである。

それだけならば、人質、あるいは王室との繋がりを持たせて忠誠を買おうとしただけの、よくある話として済んだだろう。

しかし当時の王家は、危険視しているはずのライオネル辺境伯家を侮った。

側妃となった娘を当時の王妃が虐げ、さらに王はそれを黙認した。

その上、娘を差し出したライオネルに対して一切の便宜を図らず、反発して嫌がらせを行う貴族連を放置したのだ。

オルミラージュ家も、前当主の孫に当たる側妃への扱いに不満を抱き、周りの貴族たちとの軋轢が生まれた。

そんな風に、辺境伯領とオルミラージュ領で王家への悪感情が育つ中、瘴気溜まりを王家が放置したことで魔獣が大量発生し、同時に王国全体で疫病が流行った。

ライオネル辺境伯領も、例に漏れずそれらの収束に手を取られたが、それでも他領より遥かに被害はマシだった。

魔導の力を得た強力な兵団と、育て上げた治癒魔導士や聖女たちが存在したからだ。

その間に愚かな王家は、治癒の力を持つライオネルの側妃に疫病の収束を命じた。

しかし普段の王家に対する側妃の扱いや辺境伯家への悪感情から、彼女を侮っていた魔術血統の貴族たちと連携が取れるはずもなく。

血縁上の繋がりがあるオルミラージュ家も自領のことで手一杯であまり協力が出来ない中、一人で奔走し、また多くの者を癒し続けた彼女が倒れると、王家はさらに側妃の扱いを悪くした。


――役立たずだ、と。

さらに、被害の少なかったライオネル辺境伯家に、王家が他領で暴れる魔獣の退治や疫病収束を命じる段に至って、ついに当主は激怒した。

『現王家に、忠誠を誓う価値なし』

そう判断し、王都に攻め入った。

側妃奪還を掲げるライオネル家に、オルミラージュ家は真っ先に協力を表明。

魔術を行使して王城へ秘密裏に潜入し、側妃の身柄を確保して匿った。

当時のオルミラージュ家当主にとって、側妃は姪に当たる。

王家と王族派の貴族たちの彼女への態度に、とっくに愛想が尽きていたのだ。

元々、魔術血統貴族筆頭にまで上り詰めていたオルミラージュ家は、逆にライオネルから武に関する指導も得ており、疫病の被害も当然ながら少なかった。

疫病と魔獣の被害で疲弊した王家と王族派に、武と魔において最も力のある二家への対抗手段はなく……側妃とその息子である新王を残して、王家と王族派当主らはほとんどが処刑された。

そして新たな支配者、ライオネル王家が生まれたのだ。

オルミラージュ侯爵家は、本来ならば公爵となってもおかしくはない家だったが、本家だけは王室と適切な距離を保つと決め、今でもそれを守っている。

しかし立国の経緯から、当時公爵となった者たちは、ほとんどがオルミラージュ侯爵家とも縁戚関係にあり、さらに商才と魔術の才覚に本家歴代当主が恵まれた結果。

オルミラージュ侯爵家は、他国にまで影響のある貴族家へと成長しているのだ。

ゆえに血は混ざらないが、今でも王室との親交そのものは深い。

エイデスとレオもまた例に漏れず、幼少時代を他家の者たちより親しく過ごした仲だった。

「それで、レオ。この手紙の主はウェルミィ・エルネストで間違いはないな？」

エイデスの問いかけに、レオが驚いたように目を丸くする。

「なぜ分かるんだ？」

「この手紙を見たのは2回目だ」

言いながら、引き出しから取り出した手紙をレオに見せる。

「……なるほど。あいつが俺に預けた手紙は予備か」

「匿名の手紙に私が目を通すかどうか、が読めなかったのだろうな。しかし彼女がお前の正体に気づいているのなら、確かな〝お使い〟だ」

王家とオルミラージュ家の繋がりは、ライオネル王国の者なら誰でも知っている。

吟遊詩人のお伽噺にも、劇場の演劇にも謳われる有名な演目であり、貴族が学ぶ歴史の最初の一行だからだ。

「ウェルミィはイオーラからの手紙だと言っていたけどな。本人に確認したら、嘘だった」

「よほど信用されていないようだな」

「どうだろうな……イオーラが言うには、ウェルミィは自分が姉を救おうとしていることに気づかれたくない、らしいから。そっちの事情がデカいんじゃねーか？」

そこで疑問を持ったが、どうやらレオとイオーラは、表向き学校等での接触はないらしく、ウェルミィは、その嘘に気づかれる可能性が低いと思っているだろう、ということだ。


——最悪気付かれても構わない、の方が、あり得そうだがな。


書面を見る限り、全ての準備は整っているのだろう。

その引き金となるのがエイデス自身の動向だとすれば、最後に『確実に手紙が届くこと』を狙って賭けに出たという方が正しいような気がした。

が、特に訂正する意味も議論する意味もないので黙っておき、話を先に進める。

「この手紙の中に『信用出来る人物に、エルネスト伯爵家の背任に関する証拠を預けた』という記載もあった。その相手がまた面白い」

「誰だ？」

「クラーテス・リロウドだ」

エイデスがニヤニヤと伝えると、レオが深く息を吐く。

「それもまた、驚きだな。市井にいるとはいえ、一級解呪師とどうやってそこまでの繋がりを……いや、彼女の瞳の色を考えればおかしくはないのかもしれないが、エルネスト伯爵家がリロウドと血縁関係にあるとは聞いていないぞ」

「私も知らんな」

リロウド公爵家は、オルミラージュ侯爵家とは少し、王家との繋がりの事情が違う。

あの家は、元々は精霊術士の血統であり、呪いや解呪に長けているのだ。

本来、精霊の自由意志を無視して従えるには膨大な魔力量が必要となるのだが、リロウドは精霊に愛される血統故に、魔術ではなく、祈りによって精霊に解呪の協力を仰げる。

使い魔と異なり、精霊は人間との間に主従の関係を結ばない。

報酬と精霊の好意のみが、精霊を動かすのだ。

その祝福を示すのが、朱色の瞳だった。

ライオネル王国内で、リロウドに連なる血統以外に、その祝福が発現した例はない。

「リロウドは、ごく一部の人間以外に精霊に関する事実を秘匿している。知っているのは、王族に近い僅かな者たちだけだ。多くの貴族はウェルミィの瞳を珍しくは思っても、疑問までは抱かんだろうな」

朱色の瞳が傍系に発現するのは稀ではあるが、ないことはない。

が、クラーテスとの繋がりがあるという事実も合わさって、エイデスの興味を引いた。

「母方の血筋かとも思ったが、元は孤児の平民だという。可能性は限りなく低い。となれば」

「……母親の不貞、か」

「そちらをつついてみるのも面白いかも知れんな。ウェルミィとリロウド公爵家の繋がりがあるとすれば、母親の不貞相手は一人しかいない」

クラーテスは、公爵家から除籍され、一度市井に降って平民になっている。

ウェルミィとの繋がりを考えれば、実の父親は彼だろう。

レオはそれに嫌な顔をした。

王族だというのにこの青年が少し潔癖なのは、ライオネル王家の成り立ちもあるだろうが、現王陛下と妃陛下が仲睦まじく、側妃を持たないからだろう。

レオには四人の弟妹がいて、後継としての人数も十分、文武のトップとの仲も良好なので側妃が必要なかった、という事情もあるだろうが。

それはともかく。

「聞けば聞くほど、ゴミみたいな両親だな。あのエルネスト伯爵家は」

「ほう。事情を知っているのか？」

「イオーラは虐待を受けている。助けようとしたら、本人に止められてね。『ウェルミィも救う算段が立つまでは、事を荒立たせたくない』と」

「なるほどな」

手紙に書かれている事情以外にも、エイデスは既にエルネスト伯爵家を調べさせている。

姉のイオーラが離れに住んでいる、というのも聞き及んでいた。

妹のウェルミィは大切にされていると聞いていたが、レオの話だと、どうやら姉妹の間に確執はないらしい。

「難儀な話だろ？」

「それで、妹にあまり良い感情を抱いていなさそうなお前は、なぜこの手紙を届けた？」

「判断をつけるのは俺の仕事じゃない、と思ったからだよ。ウェルミィの普段の振る舞いは正直褒められたものじゃないが『イオーラを救おうとしている』と言われて注視してみれば、確かにその通りだった。彼女は、とんでもなく本心を隠すのが上手い」

「ほう」

「最初に話を聞いた時はイオーラが、何らかの秘薬で操られているのかと本気で疑ったくらいだよ。でも彼女は正気だ」

そこで、レオが眉根を寄せる。

「信じるのに時間が掛かったのは、俺が、ウェルミィに嫌われてるから、って事情もある」

「何故だ？」

「……臆病者、だとさ」

憮然とした表情のまま告げるレオに、思わずエイデスはクックッと喉を鳴らした。

「笑うなよ。あいつは俺が父上にビビって身分も明かさず、イオーラの事情に手も出してない、と思ってるんだ」

「それはそれは。お前を王太子だと気づいていないながら、随分と気の強い女だな」

エイデスはますます興味を惹かれながら、机に置かれている資料をレオに投げる。

「これは？」

「学校から取り寄せた、ウェルミィのレポートだ。……だが手紙の筆跡とは一致しない」

「……おかしな話だな。これがウェルミィのものだというのは、あり得ない。内容がイオーラの話してくれた研究課題と一致する」

「ではこちらが、イオーラが書いたとされているレポートだ。こちらは手紙が筆跡と一致する」

エイデスは、別のレポートをレオに投げた。

彼はジッとそれら三つを見比べて、何度か頷く。

「……かなり注意深く見ないと、違いが分からないくらい似てるな。似せている、が正しいか」

「お前は、この状況をどう見る？」

普通なら、『手紙はイオーラが書いたもの』だと判断するだろう。

レオはイオーラに聞いて正解……手紙がウェルミィの書いたものだということ……を知っているが、言われなければ、そうとは気付かない。

「手紙の内容の一部には、姉と妹のレポートは入れ替えられたものだと書かれていた。筆跡ではなく内容に注目し、手紙を出した相手の正解を知らなければ、騙されるかもしれんな」

「イオーラが手紙でウェルミィを含む家族を告発した、ように見えるわけか」

「二人の間に、軋轢はないいんだろう?」

「イオーラの言葉を信じるなら、そうだな。ウェルミィは俺の正体も吹聴しなかったし」

「つまり、このレポートを作成している段階から『手紙の主をイオーラと誤解すること』まで織り込み済みで、計画をしているというわけだ」


——面白い。


かつて一度だけ出会った少女を思い出して、エイデスは気分が良くなる。

あの探るような朱色の瞳。

思い出してみれば、エイデスがご令嬢に自ら興味を惹かれたのは、あれが初めてだった。

そして、彼女の目的は。

「ウェルミィは、自分まで巻き込んで断罪されることを望んでいる」

「は？」

レオは、訝《いぶか》しむようにエイデスを見つめた。

「自分ごと？　どういうことだ？」

「何を疑問に思っている。手紙の主をイオーラと誤解させる、というのは、そういうことだろう」

我が身を犠牲にしてでもイオーラを救いたい、という意志が、そこには宿っていた。

「ウェルミィは、そこまで……」

レオが、衝撃を受けたように目を見開く一方、椅子の背もたれに体を預けたまま、エイデスは笑みを深める。

「私は、彼女の策に乗ってやっても良いかと思い始めている。告発資料の内容にもよるがな」

まだ、クラーテスには会いに行っていない。

彼の治癒院の住所が資料の在処として記されていたので、ほぼ確実に預け先は彼で間違いないだろうが。

「ああ。それと手紙には、『イオーラと婚約して家から連れ出すこと』が告発資料を渡す条件として記されていたぞ？」

「なっ……!?」

焦った声を上げるレオを楽しく眺めながら、エイデスはニヤニヤと言葉を重ねる。

「まぁ、お前の想い人を奪うほど、私は外道ではない。策に乗るにしても、少しばかり趣向は変えたいと思っている」

「……どういう風に？」

イオーラに惚れているのはバレバレで本人も隠そうとしてはいなかっただろうが、それでも顔を赤くしたレオに、エイデスは目を細めた。

「ウェルミィが私の思い通りの女であり、イオーラがお前に伝えた意図に沿うのであれば……ウェルミィを、私が貰うことになるだろうな」

「…………は？」

ポカンとするレオに、エイデスは愉快な気持ちを抑えられないまま、窓の外に目を向けた。

「一度、イオーラを連れ出すために婚約の必要はあるだろうがな。姉のために、この私を利用しようという気概の持ち主であるウェルミィの方が欲しい」

「……それなら、俺とイオーラの婚約でも」

「お前はウェルミィに認められていないだろう。策に乗るのなら、そこを変えるつもりはない。お前自身に、彼女まで助け出す手段があるのであれば提示しろ」

——王家の威光ではなく、お前自身の力を彼女に示せ。

言外にそう伝えると、レオは悔しそうな顔をした。

エイデスの助力を仰がず、王家の力を使わず、それを成立させる方法が思いつかないのだろう、と思ったが。

「……ウェルミィを証人として立証する。そうすれば、彼女の無罪は成立するだろう。……王子の立場を完全に利用しないわけにはいかないが」

――ふむ。それ以上を求めてやるのは酷だな。

陛下ご自身に口利きをしてもらうのでなければ、そこまで煩いことを言うつもりはエイデスにはなかった。

「お前の提示したやり方だけでは、イオーラとウェルミィは貴族籍を失って平民になる。身分上の問題で、私やお前との婚姻は望めんだろう。……イオーラを、領地引き継ぎまでの女伯として認めさせるところまで行けるか？　そこまでやれば、ウェルミィに口添えくらいはしてやろう」

即座に案を提示した弟分に満足しつつ、さらにエイデスが条件を重ねると。

「やろう。彼女の為だ。キルレイン法務卿は俺が説得する」

「及第点だ。では、そのように動け。俺は婚約破棄が成立した後にイオーラに婚約の申し入れをしよう」

エイデスが頷くと、レオはホッとしたように息を吐いた。

王族としてはまだまだ感情を隠すのが下手だが、聡明に成長しているレオを、エイデスは買っている。

――あの時の少女は、さて、どのように成長しているかな。

この手紙を見る限り、あの光を失わないままに、気高く育っているように思えるが。

そう思いながら、エイデスはクラーテスに面会を望む手紙を書き、封書したエイデスは、鈴を鳴らして秘書を呼び出し、手紙を渡す。

そして、ボーッと待っていたレオに、ニヤニヤと問いかけた。

「それで？　我が親愛なる弟分は、一体どのような経緯で伴侶に望む相手を見つけたのかな？」

※※※

――しまった、逃げるタイミング逃した……。

面白がっているのを隠さないエイデスの顔を見て、レオは内心で舌打ちしながら、表面上にこやかに答える。

「いやいや、我が親愛なる兄貴分にお伝えするような、特別なことは何も」

「レオ。私に対して隠し事とはいい度胸だな？」

嗜虐的な光を浮かべて目を細めるエイデスに、じわりと額に汗が浮かぶのを抑えきれない。

レオに、これまで婚約者がいなかったのには理由がある。

王太子として指名されたのは、12歳の頃。

他国の王族ならその時点で婚約者がいてもおかしくないのだが、今をもっていないのには幾つか理由がある。

一つ目は、7歳頃までレオ自身の体が弱かったこと。

二つ目は、そんな王子の婚約というカードを切るほど、内情が切羽詰まっていなかったこと。

三つ目にして最大の理由は、内憂外患がない場合、この国の王太子が婚約者を決めるのは『貴族学校に上がる年齢になってから』という慣例があることだ。

レオは優秀だったが、その病弱さを理由に、父王は王太子として指名していなかった。

体が丈夫になったと認められるまで、その座は空席だったのだ。

第二王子タイグリムは3つ歳が離れていて、男女の双子だ。

兄弟姉妹は五人おり、レオ、長女、双子の次男と次女、三男、だった。

その当時、レオを差し置いてタイグリムを次期王太子と定めるには、まだ少々幼かったのだ。

また、別に妹が女王として立ち、優秀な人材を王配とすることもこの国では認められているが、よほど問題がない限りは、長子継承と男子継承が推奨される。

理由は、諍いなどを懸念して側妃や養子に懐疑的な王家であるためだ。

女王や王妃は丈夫な体を持ち、複数の子を成すことが求められ、そうなると、女王は一時期、常に妊娠している可能性があり、王として采配を振るうことに支障をきたした例があった。

どれほど丈夫であろうと、悪阻《つわり》や子の成長は本人の意思ではどうにもならない。

体調を崩さぬよう配慮するのは至極当然の話で、頑丈と評判の母ですら、三番目の子を腹に宿していた時は悪阻が酷く、起き上がれないほど消耗していた。

故に、男子継承が優先されているのだ。

代わりに、王妃には国王に次ぐ権限が与えられ、正式な王命であっても、正当な理由があればこれに逆らう権利がある。

もし不測の事態で国王が倒れた場合、その代理は王子や宰相ではなく王妃が担うことが定められていた。

レオは体調が改善したことで無事に立太子されたのだが……その後の婚約者決めに関しては、難航した。

というか、候補者は複数いたが、慣例を盾に決めなかった。

父王も特に急いではおらず、レオは王妃の権力を考慮して、出来るだけ賢く自分の代わりとしても問題ない女性を選びたかったのだ。

これが子を成す適齢期が短い王女であれば話は違っただろうが、レオの年齢が高くとも妃が若ければ問題なく、外交上の問題が起これば『他国の姫君を娶《めと》る』という選択肢も残せる。

そういうわけで、レオは今現在でも婚約者はいない。

弟分のそんな事情を知っているエイデスは、当然ながら、初めてレオが自ら関わったご令嬢に興味津々というわけだ。

「成績を見たところ、さほど優秀というわけでもなさそうだ。容姿に関してはむしろ悪い話しかない。社交界でも妹と比べられては壁の花として嘲笑されていた、と」

――分かってて言ってるよな？　これ。

エイデスはこういう奴だ。

相手を好ましいと思っていればいるほど、からかうような、いたぶるような、相手の神経を逆撫でして楽しむような……そういう一面もある。

度を越しはしないが、逆に興味のない相手には本当に冷淡なので、どちらにせよ『残虐非道で女嫌い社交嫌いの魔導爵閣下』の名をほしいままにしている。

「イオーラの成績や容姿が芳しくないのは、血筋に劣る妹に対する配慮だよ」

ウェルミィは、リロウドに連なる朱色の瞳を持つとはいえ、元・平民の母を持つ妾腹である。

最近は理解が広がっているが、年嵩の者はまだまだ血統を気にしている者も多い。

両親ともに正統な貴族の血筋を持つイオーラとはその点で比べるべくもなく、もしイオーラが学業の面で目立てば、表面的な美貌以外の点を評価する者が現れるだろう。


あるいはレオのように、イオーラが本当の自分を隠していることに気づく。


レポートの交換をすんなり受け入れたことからも分かる様に、彼女は成績の総合評価に至るまで徹底的に『妹よりも下』であることを自分に課していた。

『何故そこまで？』と数度聞いたが、返ってくる答えはいつも同じ。

『あの子のやろうとしていることに差し障りが出ます。それに、わたくしがウェルミィよりも上になると、両親は気に入らないのです。……わたくしがなじられると、あの子が悲しみますから』

そう言って、寂しそうに微笑むイオーラのことが、最初は理解出来なかった。

あの悪辣なウェルミィが、そんな風に思うものなのかと。

イオーラが自分の心を守るためにそう信じ込んでいるだけなのではないか、と。

しかし、ウェルミィに関してレオが批判的な物言いをすると、それすらもイオーラは悲しむのだ。

最初はまるで分からなかったが、今なら分かる。

「あの二人は仲が良い、というと語弊があるけど……お互いを想いあっているが、ウェルミィがイオーラに嫌われようとしている、という方が正しい」

「ほう、理由は？」

「両親に目をつけられない為だ。あの二人は、自分の両親が、自分たちがどう振る舞えば満足するかを理解している。理解した上で役割を演じているんだ」

「なるほど。それで虐げられる役割を押し付けられた姉を、何としてでも助けようとしているわけだ。健気なことだな」

同じ内容の二通の手紙を指先で撫で、エイデスは笑みを深める。


――よっぽどウェルミィが気に入ったんだな……。


会ったこともなさそうな、接点のない二人だろうに。

そんな風に思っていると、エイデスが再び足を組む。

「それで？　お前とイオーラ嬢の馴れ初めを聞いていないが？」

話を逸らすのは無理らしい。

レオは諦めて、エイデスに向かって語り始めた。

※※※

イオーラに出会う少し前。

レオは、貴族学校に入る際の父王の言葉の意味を痛感し、同時にうんざりしていた。


――まさかこれほど、貴族を名乗る者たちが愚かだとは。


と。

父王は、わざわざ時間を取り、レオと共に庭園を歩きながら、貴族学校について話し始めたのだ。

『講義そのものは、専門性の高いものであれば多少興味深くはあろうが、平常の科目は全て修めたことをなぞるだけの退屈なものとなろう』

『はい』

『だが、貴族学校に通うことは、これより先、我らにとっては全く得難い、貴重な経験を得る良い機会だ』

『得難い経験。それはどのようなものなのです？　陛下』

『レオは、どのようなものだと思う？』

問われて、レオは少し考えた。

『……気のおけぬ友人、というものが出来るでしょうか？』

『正ではない』

その父王の返答は、そうしたものも大切だろう、という意味に取れた。

同時に、求めていた答えとも違うらしい。

『自由恋愛の機会？』

『否だ』

今度ははっきりと否定される。

王太子ともあろう者が、恋愛にうつつを抜かして己の立場を危うくするのは愚かな行いだ、というところだろう。

もっとも、父王と妃である母は貴族学校で知り合っての恋愛結婚らしいが……それは双方に政略的にも得があるものだったからであり、恋愛感情の有無が主ではない。

『では……身分の隔てなく人と接すること、でしょうか？』

『近いが、惜しいな』

どうにも表情を見るに、父王はレオの反応を楽しんでいる。

なんとなくエイデスに通じるものがあるな、と思いながら待っていると、父王は言葉を重ねた。

『身分を隠して通う、学校という場は』

『はい』

『〝身分による差別〟というものを、差別される側から見ることが出来る唯一の機会なのだ』

その言葉に、レオは少し、考える時間を要した。

『……？　それは、身分の隔てがないこととは、違うものなのですか？』

『全く異なる』

レオは、昔から口うるさく様々な人々に、ライオネルの心得を説かれていた。

身分による礼儀礼節の差はあれど、それをもって相手を侮ってはならない、と。

『学校生活は、ライオネル王家の成り立ちを心に刻むに、非常に重要な経験だ』

父王は池のほとりで立ち止まり、レオの肩に手を置く。

そしてうっすらと紫の色合いが混じる銀の瞳で、射抜くようにレオを見据えた。

『忘れるな、レオ。区別は必要だが、差別は軋轢を生むのだ。王位を得る前、ライオネルは平民であっても貴族であっても実力にて評価し、我らはその助けを受けて王家となった』

『はい』

それは、耳にタコが出来るくらい聞かされた話だ。

『今もって、その助けを受け続け、同時に不遇をかこつ者を掬い上げることを我らは為し続けている。これより先も、為さねばならぬ。……その意味を、此度の経験で深く理解出来るだろう』

それが、父王の言葉で。

学校生活から一ヶ月足らずで、レオは身に染みてそれを理解していた。

――身分や容姿をカサにきて、他人をバカにする連中が多すぎる。


男爵家の次男坊。

それがレオの仮の肩書きだった。

古来より伝わり、今の世では再現不可能な変化の魔導具で、レオの特徴的な紫の髪と金の瞳は共に黒く染められている。

しかし、分かろうとする者がいれば分かる、くらいの変装だ。

顔立ちは変えていない。

メターモ男爵家などという貴族家は存在しない。

さらに学校則には『在学の王族に対しては不敬の責を問わない』という規定が定められている。

そうした複数のヒントから違和感を覚えた者たちが、レオの正体に辿り着くことが出来るように、あえてそうなっていた。

にも拘わらず、何も知ろうとせずに爵位のみを理由に相手を小馬鹿にし、講義や実技でレオが少し目立てば、陰日向に、負け惜しみのような悪口を叩くのだ。

『貧乏人が』

『男爵家の子息如きが』

『身分を弁えろ』

と。

身分による差別は、確かに想像を絶する愚か者の存在を詳《つまび》らかにしてくれる。

これがライオネル王国の将来を担う連中だと思うと、国の先行きを憂うほどだ。

そして王家や父母が、身分と実力を切り離して見極めることの重要さを、口を酸っぱくして説くのも納得がいった。


——あんな連中が、下の者を正当に評価するわけがない。


そしてレオが正体を明かせば、手のひらを返すように群がってくるのだろう。

丁度、視線の先にそうした連中が集まっている集団が見えた。

ウェルミィ・エルネスト。

アーバイン・シュナイガー。

その二人を中心とする、関わった中で最も『他人を馬鹿にする』ことに腐心し、悪口や噂を吹聴するのに長けた連中だ。

今日も媚びるようにアーバインにもたれかかり、不遜な笑みを浮かべている少女に、レオは険しい目を向けた。


――姉の婚約者に対して、よくやるもんだな。

レオが心底、怒りを感じる相手の一人だ。

噂が届きづらいレオにすら話が届くほどとなれば、よほどの尻軽だろう。

容姿は確かに美しい。

プラチナブロンドの髪に、朱色の瞳。

猫のように形のいい瞳と、気の強そうな整った美貌、白く美しい肌。

体を彩る装飾品の類いは品も質もいい。

だが、それだけだ。

美貌を誇る者など腐るほど見ているレオには、中身の伴わない空っぽの人形は、興味をそそられる存在ではなかった。

しかし、ふと、その様子を悲しげに見ている、梳かれてもいない灰色の髪の少女の存在に気づく。

廊下の先、左右を囲う生垣で体が隠れる位置から。

身に纏う制服は、誰かのお下がりなのか型崩れしたもの。

着古されているのかだいぶ色も褪せている。

さらに目まで悪いのか、ずいぶんと重そうな眼鏡をかけていて、胸には分厚い本を抱いていた。

華奢というよりも、折れてしまいそうなほど痩せ細った体に、青白い肌。


——具合が悪いんじゃないのか……？


全体的に、貴族学校では悪目立ちする格好の少女に対して、最初にレオが思ったのはそれだった。

お互いに上位クラスなので、同じ教室で共通授業は受けている。

が、あまり気にしたことがなかった彼女は、よくよく見れば、今にも倒れそうな少女だった。

格好に対する差別の意識など、レオにはとっくにない。

身分だけでなく、服装を理由に、外見を理由に差別する者たちもまた数多くいるからだ。

平民と変わらない程度の、安い生地で作った制服を身につけているレオと同様、その少女もまた、通り過ぎる者たちにクスクスと笑われていた。

そして彼女の視線とその格好で、レオは正体に思い至る。

イオーラ・エルネスト。

アーバインにもたれる少女、ウェルミィ・エルネストの姉だった。

――どちらも娘だろうに、随分と差別しているな。


二人は同い年で腹違い、と聞いている。

きっと、前妻の子であるイオーラは、家での扱いが悪いのだろう。

レオは、そんな彼女に興味を覚えた。

しかしこんな場所で、同様に差別に晒されているレオが声をかけると、逆に迷惑になってしまうかもしれない。

自分がそんな気を使うなんて、この学校に来るまでは考えたこともなかった。

イオーラは、婚約者と義妹の関係をどう思っているのか、ふい、と視線を逸らして歩き出し……。


……レオは、彼女の美しい所作に目を見開いた。


外見による偏見を取っ払ってみれば、彼女の立ち振る舞いの美しさは常軌を逸していた。

背筋を一分の狂いもなく真っ直ぐに伸ばして、滑るような滑らかさで優雅に歩く。

高位貴族にも劣らぬ、それどころか匹敵するほどのそれに、目を奪われ、離せなくなった。

少し俯き気味の彼女の長い前髪を、風が撫でてふわりと浮かせると。

その瞳が、紫に染まっているのが見える。

「――――!?」

ウェルミィに、化粧をしていなくとも匹敵するほどの美貌。

一瞬、立ち止まっていたレオとメガネの奥にあるイオーラの目が合い、すぐに逸れ、前髪が再び覆い隠して通り過ぎる。

――信じられない。

たった数秒。

自分の横を通り過ぎるまでの間に見たイオーラの姿に、最上級の魔力を秘めた瞳の色を持つことへの驚きに、レオは心を奪われていた。

――なぜあんな子が。

薄汚れた格好をして、悲しげな目をしているのか。

――知りたい。

レオは慌てて振り向いた瞬間に、次の授業が始まる前の合図である鐘の音を聞いて、舌打ちした。

次は選択授業で、彼女は別の教室なのだろうと思われた。


――クソッ！


さすがに、まだ始まったばかりの学校生活で、いきなりサボるような悪目立ちをするわけにはいかない。

彼女と話してみたい、と逸《はや》る気持ちを抑えながら、レオは踵《きびす》を返し。

翌々日の昼休み前、共通授業の時に、ようやくイオーラが教室を出ていくのを視界に捉えて……今思えば、正直自分でも気持ち悪いが……後をつけた。

彼女が向かった先は、人のいない校舎裏のベンチ。

小さなバスケットから、固そうなパンを一つ取り出して小さく食みながら、イオーラは本のページを捲る。

レオは横のベンチに近づいて、声を掛けた。

「失礼、エルネスト嬢。こちらに座らせていただいても、よろしいでしょうか？」

なるべく自然に、たまたま腰を据えようとした先に居た淑女に対するように、声を掛けると。

イオーラは少し戸惑ったように目線を上げ、間違いなく自分が声を掛けられている、と気付いた様子を見せ。

驚きと、少し控えめな微笑みを浮かべてから、静かにうなずいて。


「――お声がけいただき光栄ですわ。王太子殿下」

と、そう、口にした。


「っ!?」

レオは、イオーラがあっさり口にした自分の正体に、思わず周りに目を走らせた。

目立たぬように隠蔽魔術を使っている護衛たち以外に、人はいない。

「申し訳ございません……不用意でしたでしょうか。護衛の皆様以外に、魔力の気配は感じませんでしたから……」

イオーラが、自信なさそうに肩を落として顔を伏せるのに、レオは慌てて口を開いた。

「いや、構わないのだが……じゃないな、構わないけど。よく気付いたな」

『レオ』はどちらかというと素の自分に近いが、家族以外の者に『殿下』と呼ばれるとその口調になりそうになり、言い直す。

「俺の演技は、何か不味いところがあったか？」

イオーラが気付いた理由にそれとなく探りを入れると、彼女は眉を下げて控えめな微笑みを浮かべる。


——美しいな。


彼女はこれほど洗練されているのに、意識するまで気にも留めなかった。

「いいえ、メターモ男爵令息様」

「レオで良い。言葉の通り、今の俺は男爵令息で、君は伯爵令嬢だからな」

少し緊張しつつも、片頰を上げておどけて見せると。

イオーラの表情に楽しげな色が浮かんだが、すぐにまた、困ったような、申し訳なさそうなものに変わる。

「ですが……」

「見抜いているのなら、分かっているんじゃないか？　ここで君にあまり礼を取られると、俺は少々困る」

ヒントを撒いていると言っても、公然と王太子であるとバレるわけにはいかない。

気付く人間だけが気付き、そしてそれを表沙汰にしないだけの節度のある人物のための、変装なのだ。

「そうですね……分かりました、レオ様」

「様もいらない」

「いえ、それは」

「ダメだろうか？」

「……レオ」

男性の名前を敬称なしに呼んだことがないのか、ほんのりと頬を赤らめるイオーラに、レオは胸が疼いた。


――可愛い。


「わたくしが貴方に気付いた理由は、少しだけ卑怯かもしれませんわ」

「卑怯？」

「ええ、その……レオの変化の魔術は、わたくしには効いていないので……」

と、口にした途端。

周りの護衛たちがざわめいた。

それは、警戒。

殺気に近い気配を放つ護衛たちをさりげなく手で制したレオは、イオーラに先を促す。

「効いていない、というのは、俺の本当の姿が見えている、ということか？」

「左様でございます。あの、不敬に当たるかもしれませんが」

「良いよ。この学校では無礼を問わない規定があるだろう？」

「存じておりますわ。ですが、レオ個人の気持ちは別かと思いますので……その、わたくしの方が、おそらく魔力が強い、せいかと……」

何故か肩を縮こめるイオーラに、レオは納得した。

エイデスにも、この魔術は通じない。

金銀の瞳を持つ者は、紫の瞳の者に次ぐ魔力量を誇る為にあまり気にしてはいなかったが、上位の者の目を欺く魔術は、見抜かれてしまうことがあるのを知識として知っていた。

当代において、公式に紫の瞳を持つ、とされるのはエイデスのみだ。

「なるほどな……紫瞳《しどう》のおかげか」

すると今度は、イオーラが軽く目を見張った。

「なぜ……？」

「ん？」

「この瞳を、紫だと……」

レオはその言葉に、軽く首をかしげた。

「先日廊下ですれ違った時に見たんだが。君のような瞳を持つ者は数少ない。だが、確かに噂にもなっていないな……周りが放っておかないはずだが」

「我がエルネスト家は、その、親戚付き合いもあまりなく、わたくしはほとんど外に出ることがなかったので……それと、わたくしの瞳の色は、おそらく亡くなったお母様が何らかの魔術で、意図的に隠しているものと思われます」

普通の人には青く見えるらしい、という話を聞いて、レオは納得した。

「なるほど、それでか」

「効果が薄れているのかもしれませんわね……レオ様以外にこの瞳を紫と言ったのは、ウェルミィだけですわ」

「君の妹が？」

――それこそ、騒ぎ立てそうなものだが。

二人の様子から見て、家の中で扱いに格差があるのは間違いのない話だ。

あのプライドの高そうな少女が、自分より下と見ていそうな姉も希少な瞳の持ち主であることが、気に障らないわけがなさそうだが。

ウェルミィの朱の瞳も、特別なものではある。

それに関しても、気にかかることがあったが……今はイオーラのことだ。

「もしかして、逆か？　その瞳のせいで、君は生家やあの妹に疎まれているのか」

すると、イオーラが悲しげに目を伏せる。

あの廊下で見せたのと同じ色合いの表情に、レオは首を横に振った。

「すまない。少し礼儀が足りなかったな。踏み込み過ぎた」

「いえ……あの、生家に関しては瞳のことは関係がなく……ウェルミィは、わたくしを蔑んだりはしていないと思いますわ」

「は？」

それは、意外すぎるというレベルの話ではない。

「だが、彼女は君の婚約者と……いや、すまない」

ダメだ。

何故か、どうしても彼女のことが知りたくて、踏み込み過ぎてしまう。

眉根を寄せて口を押さえるレオに、イオーラは悲しげな顔のまま、微笑みを口元だけに浮かべて。

「事情が、あるのです。その、どうかウェルミィのことを、誤解しないであげてください……」

イオーラの言葉に、形だけはうなずいて見せたものの。

――調査が必要だな。

痩せ過ぎて不健康そうなイオーラと、甘やかされて華やかな雰囲気のウェルミィ。

何か、問題があるのは間違いない。

レオは、この少しのやり取りだけで、イオーラに心惹かれていく自分を感じていた。

もし何かあるのなら、少しでも助けになりたい、と思いつつ、イオーラに対して微笑みを浮かべてみせる。

「明日も、ここで会えるだろうか？」

彼女のことを、もっと知りたい。

そんな気持ちを、うまく隠せているかは分からなかったけれど。

「……ええ、喜んで。わたくし、お友達がいませんので」

ほんのりと頬を染めながらそんな風に言われて、レオは思わず顔を背けた。


――可愛い。

年頃のご令嬢に対して、そんな気持ちを覚えたのは初めてだった。

※※※

「それから、イオーラと会うようになって、色んな話を聞いた。講義や魔術のこと、家族の関係……話をするのは、すごく楽しくて、でも、彼女の魅力に触れれば触れるだけ、エルネストへの憤りが募った。本当に、何度潰してやろうと思ったか……」

「ずいぶんと入れ上げたな。まるで女に興味のなかった弟分にようやく春が来た、というわけだ」

「貴方に言われたくないいな」

表面上は少なくともにこやかに対応するレオと違って、このエイデスという男は、はっきり『女嫌い』と言われるくらいに、女性に興味がなさそうに振る舞うのに。

「私は愚鈍な連中に興味がないだけだ。賢い女が好きだからな」

「……ウェルミィは、賢いのか？」

「賢いだろう。もしお前が彼女の立場であれば、他にどんな方法で姉を守れた？　ウェルミィは常に、自分の手札で打てる最善を選択しているように、私は思えるがな」

家での扱い。

婚約者家の件。

貴族学校での姉に対する振る舞い。

「……もう少し、人に頼っても良いんじゃないかと思うが」

「誰が信用出来る？　まさかお前、イオーラはともかく、自分がウェルミィにとって頼りになる人間だとでも思っていたのか？」

ぐ、とレオは言葉に詰まる。

「……王太子だと気付いていたのなら、頼る手はあっただろう？」

「お前は、ウェルミィに対して何か『頼りになる』と思わせる行動をし、意思を表明したのか？」

「……してないな」

「では、それが答えだ。敵か味方か分からない相手に、手の内を明かす者のことを阿呆と呼ぶ。その点、私はウェルミィに選ばれたようだ。光栄なことだな」

エイデスはククッと喉を鳴らし、それからレオに向ける視線を柔らかくした。

「ウェルミィからは見えないだろうが、お前はイオーラに対して何らかの対応をしたんだろう？それも吐いてみろ」

この兄貴分は、何もかもお見通しのようだ。

レオはこめかみを掻くと、自分のやったことを羅列する。

「イオーラが誰かと交流を持つと、それをアーバインかウェルミィが邪魔をする。ウェルミィが邪魔をするのは、調べてみると問題がありそうな相手ばかりだったから、選別だったんだろう」

イオーラは聡明だが、その境遇からか、上から強引に押されると萎縮してしまう一面があった。

彼女が賢いと気付いた一人のご令嬢が、宿題などを押し付けようとした現場を見かけて、排除したこともある。

「最初は食事だ。彼女は昼休みに食堂へは行けない。『アーバインに近づくな』とウェルミィに命じられていたらしいが、そのため昼食は、家から持ってきたパン一つだけだった」

一度食堂に行った時は、アーバインに見つかり、食事を手にする前に席につかされて、ウェルミィと比べるような発言を延々と聞かされて食事を取れなかったらしい。

それもあって、ウェルミィはイオーラを遠ざけたのだろう。

「だから、こちらで食事を用意した。どうせ俺の食事は毒味が必要だから、専用の部屋でいつもとっていたしな。そこに彼女を招待した」

護衛と揉め、差配と揉めて、最終的に父王と直接喧嘩する事態に発展した上で勝ち取った権利だが、そんなことはわざわざイオーラには伝えていない。

それでも長年の生活のせいか食は細かったが、最初に出会った頃に比べればかなり健康になった。

見窄らしい格好をしている理由も、聞けばあまり表立って着飾るわけにもいかないのは、流石にレオも理解した。

さらに、母親がかけたらしい魔術が切れかけていた。

彼女の瞳が紫であることがウェルミィやレオ以外にバレてしまうと、それはそれでひと騒動になりそうだったので、逆に似たような魔術をかけ直したくらいだ。

「そして秘密裏にサロンを作った。あの学校には、王族が脱出するための独立した隠し通路と、隠れ部屋が幾つかある。図書館に通じる一つを改装して、信用のおける者だけを招いた」

最初は、ウェルミィの選んだカーラ嬢。

そこから、とある公爵家のご令嬢から、聖女に選ばれた少女、少数の貴族子女たち、遅れて入学してきたレオの妹である第一王女も。

妹以外は全員、レオの正体を見抜いた上で、礼節をもってさりげなく接触してきた者たちだ。

一応、ウェルミィに面通しもしていた。

彼女が自分から遠ざけるのであれば、逆に信用出来る人物だと、イオーラが言ったからだ。

どこまであの少女が気付いていたかは不明だが、今もってレオが臆病者の評価のままなら、逆にこちらのしてきた行動は気づかれていないのだろう。

イオーラは、そのサロンの中でだけはおしゃれをし、明るい笑顔を徐々に見せるようになってくれていた。

本当に最後の方は、磨かれた髪や肌の輝きがどう見ても見窄らしくならないので、レオの変化の指輪の効果を解析して使えるようにした『髪がくすんで見える魔術』を使っていたくらいだ。

そこまで徹底的に、全てを秘匿したままにしたのも『ウェルミィが困る』『あの子も、あの家から助けたい』と懇願したイオーラのためだった。

レオが助けたいのはウェルミィじゃなく、あくまでもイオーラだ。

そう思いながら、レオは言葉を重ねる。

「卒業パーティーの前に、アーバインとイオーラの婚約を破棄する動きがある。改めてウェルミィと婚約を結び直すのだと、ウェルミィからイオーラに伝えられたそうだ」

「ほう。もしかして卒業パーティーで派手に婚約破棄を言いつけられるのかな？　君の想い人は」

「だろうな。それに、イオーラは乗るそうだ。……自分が傷つくのにな」

だけど、ウェルミィがイオーラを助けるために自分を犠牲にしようとしているのなら、自分もその痛みを背負わなければいけない、と言われてしまえば、レオは引き下がらざるを得ない。

そんなイオーラが、ウェルミィを大切に思うのなら、彼女も救わなければならない。

『助ける』と誓った以上は、彼女の大切なものも含めて全て。

そうでなくとも、自分と同じくイオーラを守っているウェルミィは、敵ではなく同志だ。

彼女の本質がイオーラの言う通りであることは、この目で見るまで信じてはやらない。

ほぼ確信はしている……だが、イオーラを取り合う相手でもあり、あからさまに敵意を向けられていることを、少し不満にも思っていたから。

イオーラを救う主役の座は、譲ろう。

彼女が一番感謝するのは、自分でなくていい。

レオよりも遥かに長い間、幼い頃から彼女を守り続けてきたウェルミィにこそ資格がある。

「俺は、最後まで影に徹するさ」

「イオーラは、お前に救って欲しいと思っているかもしれんぞ？」

エイデスの煽るような笑みに、初めてレオは、自信に満ちた笑みを浮かべる。

「流石に、イオーラに関してはエイデスより俺の方が分かっているよ」

「ほう?」

「彼女はもう、俺の想いに応えてくれようとしている。なら華やかな手柄は譲るさ」

そこで言葉を切ったレオは、キルレイン法務卿の元へ向かうために、エイデスに背を向けた。

「――イオーラの愛さえ得られれば、俺はそれだけで構わない」

2. イオーラとウェルミィ

オルミラージュ侯爵家別邸で生活し始めて、一ヶ月が経った頃。

初めて、イオーラお義姉様がこちらに赴いてくれた。

「……ねぇ、ウェルミィ」

「なぁに？　お義姉様」

何故か、嬉しそうに髪を梳《くしけず》ってくれているお義姉様の問いかけに、鏡越しに視線を向ける。


――ああ、今日もお美しいわ、お義姉様……！


あの、全てが変わった夜会の断罪劇。

その時の輝くような夜会仕様のドレス姿も美しかったけれど、今の清楚で大人びた普段着のお姿もそれはそれで麗しくて、ウェルミィはうっとりする。

お義姉様は一時預かりの女伯として認められた後、エルネスト邸に帰っていた。

ウェルミィは、お義姉様の侍女であるオレイアと家令のゴルドレイ以外、あの家の使用人を誰も信用していなかったので、帰って欲しくなかったけれど。

エイデスが、即日二人以外を解雇するように命じ、屋敷の使用人を何名かつけてくれた。

さらに、オルミラージュ侯爵家の有能な秘書官が二人と、レオから派遣された信用のおける監督官がお義姉様の領地経営を補佐してくれる、というので、渋々認めていた。

一緒に居たい、という気持ちが引き止めた理由の八割くらいだったのは内緒にしておいた。

「この屋敷での暮らしはどう？」

そうお義姉様に問いかけられて、ウェルミィは思わず頰を染めた。


この一ヶ月。

ウェルミィは、とんでもなく甘やかされた。

当然、エイデスの手によって。


屋敷から出て行くことは『今はまだ時期ではない』と言われて認められなかったけれど、仕事の時間以外、エイデスは毎朝毎晩、ウェルミィを側に置いた。

体を求められたわけではないけれど。

起きる時は、必ず抱き締められて、頭の先から首筋までキスの雨を降らされて目覚め。

朝食やデザートは、エイデスの手ずから『あ～ん』をされて食べさせられ。

彼が仕事に向かう間に、侍女に体を磨かれ、着飾られ。

そこから少し……いやもしかしたら少しではないのかもしれないけど……高位貴族の淑女教育と、女主人としての家政や領地経営の勉強、などを叩き込まれ……いや、学ばせてもらう日々。

そして、昼食の後はお昼寝。

目覚めたらお菓子が用意されていて、夕方までは好きに過ごしていいと言われる。

エイデスは、魔導省に出かけていたり、執務室に籠っていたりと様々だけれど、彼が仕事を終えて会いに来ると、必ず抱き上げられて、それから膝の上で座らされてスキンシップを取る。

夕食は王族や他国の要人との対面を想定したテーブルマナーなどを、彼自身に教えられながら食したりして。

またお風呂に入って寝巻きに着替えたら、彼の晩酌に付き合ったり、テーブルゲームをしたり、あるいはただただ愛玩されてから眠りにつく。

勿論、そうした諸々に関して、ウェルミィに拒否権はなかった。

恥ずかしがったり意地を張ったりすると、エイデスは必ず強権を発動して『何でも言うことを聞くんだろう？』と、口癖のように。

——あ、あの楽しそうな顔……！

エイデスの嗜虐的な笑みが頭に浮かび、ウェルミィはうつむいた。

もしかして愛されているのではなく弄ばれているのでは？　と疑うほどに、恥ずかしいことばかりさせられている気がする。

特に自分からキスをすることを強要されるのは、未だに慣れず、思い出すだけで頬が熱くなった。

最近は、執務室で仕事をする時まで同席させられて、少しずつ仕事を振られたりしていたけれど、その合間にも『可愛らしいな』『お前の字は見ているだけで癒される』『意地を張られるのも乙だな。そのままでいろ』『贈った髪留めは、襲いたくなるくらい似合っている』等々等々……。

あのニヤニヤ笑いと共に、隙あれば歯が浮くような褒め言葉を送ってくるのだ。

「ウェルミィ？」

屋敷での暮らしはどう？　という質問に答えずに赤くなったウェルミィに何を思ったのか、お義姉様が返事を促してくる。

「き、窮屈よ……！」

「幸せなのね、良かったわ」

うつむいたまま言葉を絞り出すと、お義姉様は何を聞いていたのか、嬉しそうにうなずいた。

「窮屈だって言ってるでしょう!?　ちゃんと聞いて！」

「聞いているし、見ているわよ」

上機嫌にまた髪を梳き始めるお義姉様に、ウェルミィは、う〜、と唸った。

——ぜ、全部分かってるような顔して！

心の中でそんな悪態をつくものの……今の生活が全然嫌じゃない自覚くらいは、ウェルミィにもあった。

恥ずかしいけど。

ものすっごく恥ずかしいけど！

エイデスは、ウェルミィが『嫌だ』と思うようなことは、一切しないから。

幸せすぎて、怖くなるくらい。

今のこの状況もそうだ。

ウェルミィは、今日お義姉様が訪れると聞いてから、少し怖いと思いながらも楽しみにしていた。

夜会の後で気持ちが通じ合っていることを知ったけれど、幼い頃と違って、何年もまともに話したこともなかったから。

でも、お義姉様は変わっていなかった。

昔のまま……手を繋いで遊んでいた頃のまま、控えめでお淑やかで、今も、ウェルミィの世話を嬉しそうに焼いてくれている。

顔を見ると、ゴルドレイと二人で寝不足になるほど忙しくしていた頃みたいな疲れもなさそうなので、ホッとしていた。

昔みたいに、素直になれてないのはウェルミィの方だ。

「……ねぇ、お義姉様」

「何？　ウェルミィ」

先ほどとは逆に、ウェルミィがお義姉様に問いかける。

「その……お義姉様はレオの、どこが好きなの？」

ウェルミィは、エイデスと、それから先ほどお義姉様自身から、レオがどれだけお義姉様のために心を砕いてくれていたか、を聞いていた。

……ウェルミィ自身も、薄々はそれに気づいていたけど、お義姉様自身の口から聞いてみたいと思ったのだ。

「どこが好き、って言われると、難しいわね……」

「悩むほど、レオに魅力がないのね」

ウェルミィが憎まれ口を叩くと、頬に手を添えて首を傾げていたお義姉様はクスクスと笑う。

「そうじゃないわ。……全部好きなの」

「……」

聞いてみたものの、ウェルミィは面白くなかった。

お義姉様の幸せそうな表情が、少し照れたように染まった頬が、それが事実だと言っていたから。

「あの方は、公平で、一生懸命で、優しくて……たまに少し子供っぽくて、可愛いのよ」

「……可愛い……？」

それは仮にも成人男性に対して少し失礼なんじゃや、とウェルミィは思ったけれど、その次に重ねられた言葉で、ますます眉根に皺が寄ってしまう。

「そうね。そういうところが、ちょっとウェルミィに似てるかもしれないわね。賢いのに、少し甘えんぼなところとか」

「っ！　い、一緒にしないでよね！」

「もちろん、全く一緒ではないわ」

頬を膨らませるウェルミィに、まるで『そういうところよ』とでも言いたげに、お義姉様がつんつんと頬をつついてくる。

公平で、優しい。

でも子供っぽい。

『……なぁ、お前、サロンに来るか？　イオーラもいるけど』

学校である日、レオにそんな言葉をかけられたことを、ウェルミィは思い出した。

ものすごく嫌そうな顔で、誘われたのだ。

ちょうど、いつも悲しそうで苦しそうだったお義姉様の雰囲気が変わる、少し前のことだった。

『何で私が？』

『アーバインは誘わねーぞ』

『……なんで私が、臆病者と気に入らない人がいるところに、足を運ばないといけないのよ』

あの時は、そう言って拒絶したけれど。

レオはきっと、お義姉様とウェルミィを触れ合わせようとしたのだ。


――本当はウェルミィとお義姉様の仲が悪くないって、あの人は知っていたのだろう。


どうして知っていたのか、その先を考えるのはあえて止めていた。

アーバインとお義姉様が鉢合わせする機会は少しでも減らしたかったし、お義姉様にウェルミィの狙いを気づかれていると、認めるのが怖かった。

恨まれて、憎まれないと、破滅の後にお義姉様が気に病んでしまうから。

本当は、行きたかった。

だけど、反目しているウェルミィを……嫌そうな顔をしながらでも……誘ってくれたレオの優しさも、見ないふりをした。

「ウェルミィは、なんでレオが嫌いなの？」

「…………だって」

少し前までのウェルミィなら、多分言わなかった。

でも、エイデスに被っていた猫を強引に一枚一枚剝がされて、甘やかされて。

心から甘えることを、覚えさせられて。

素直に気持ちを伝えられることが、嬉しいことだと知ったから。

ウェルミィは、言った。


「…………お義姉様を取られるの、嫌だったから…………」


エイデスに対しては、そう思わなかった。

彼がお義姉様を婚約者にするのなら、そこにはきっと打算がある。

お義姉様の賢さを買うんだと思ってたから。

でも、レオのお義姉様に対する気持ちは、きっと打算じゃないって知ってた。

きっとあの、人の心にまっすぐ突っ込んでいくような瞳で、名誉も見返りも何も求めない態度で、
お義姉様の心を、奪っていくって、分かってたから。

だから嫌だった。

そんなウェルミィの我儘に、お義姉様は目を丸くして……それから微笑みを浮かべて、後ろから
ウェルミィを抱き締めた。

「ふふ……レオも、同じことを言ってたわ」

「……一緒にしないで」

「『俺じゃ、ウェルミィに勝てないだろ』って。ねぇ、貴方たちは、二人とも本当に、わたくしにとって大切なの。この先もずっとよ」

そう言われて、ウェルミィは手を置いたドレスのスカートを少しだけ握る。

ずっと、尋ねるのが怖かったことを、勇気を出して口にする為に。

「……お義姉様は」

「ええ」

「私と初めて、会った時。……どう、思ったの……？」

その質問は、ウェルミィにとってはずっと、尋ねてはいけないことだった。

だって、お義姉様のお母様が亡くなってすぐに、義母と一緒に家に入り込んできた同い年の姉妹なんて。

父親の裏切りの証だ。

サバリンが本当の父親じゃないっていうのは、後で知ったこと。

当時は何も思わなかったはずがないって、ウェルミィはそう思っていた。

するとお義姉様は、そっと体を離して困ったように笑うと、胸元に戻った、お義姉様のお母様の形見のネックレスを握って、答えてくれた。

「なんて可愛らしい子だろう、って、思ったわ」

「え……？」

「会う前は緊張してた。あの人のお母様への裏切りを知って、悲しいとも思っていたけれど。……ウェルミィは会った時、わたくしを見て、目を輝かせたのよ。覚えていて？」

『わぁ……お姫さまみたいに、きれいね！　あなたが、私のおねーさまなの!?』

そう口にしたと。

「きっと仲良くなれると思ったわ。仲良くなりたいと思った。……ねぇ、ウェルミィ。血が繋がってなくても、貴女はわたくしの、大切な妹よ」

そんな、お義姉様の優しい言葉に。

ウェルミィは、目頭が熱くなり、頬を涙が伝うのを感じた。

※※※

静かに泣くウェルミィを、後ろから抱き締めて。

わたくしは、彼女の頭を撫でる。

――わたくしが、貴女にどれほど救われたか。


ウェルミィはきっと、小指の爪の先ほども、分かってはいないのでしょうね。

母を失い、失意に暮れていたわたくしは、きっと同じくらいの年頃の子と比べると、ずいぶんとおませさんだったと思うの。

賢い、と言われるのは、実はあまり好きではなくて。

人よりも大人になるのが、早くないといけなかっただけで。

お母様は、自分が長くないのを、分かっていらっしゃったから。

そんなわたくしに、屈託なく、明るく、子どもらしい気持ちを取り戻させてくれたのは、貴女だったのよ。

好奇心旺盛で、くるくると忙しなく動く朱色の瞳。

陽の光に照らされて、淡く輝くプラチナブロンドの髪。

はしゃいで、わたくしの手を引いて。

そうして本当に幸せそうに、愛情いっぱいの笑顔を向けて、『綺麗なお義姉様』『自慢のお義姉様』『優しいお義姉様』と、褒めてくれて。

そんな貴女こそ、天使のような女の子だったわ。

母を亡くしたのを、悲しいと思っても、さほど辛いと感じずに済んだのも、きっと横に、貴女がいてくれたから。

本当に辛かったのは、貴女と一緒にいられなくなったこと。

両親を名乗るあの人たちが、お母様の首飾りを奪って貴女に与えた時。

わたくしはとても悲しかったけれど。

それよりも、貴女の呆然とした顔と、柔らかな心に受けた傷が心配だった。

ねぇ、ウェルミィ。

わたくしは貴女の想いに、ちゃんと気付いていたわ。

そして、どうしようもなく辛かった。

貴女がわたくしの為に何かをしようとする度に……無垢な表情を繕いながら、辛辣な提案をしながら、悲しい目をしているのが辛かったの。

そんなに頑張らないで。

わたくしは平気だから。

ウェルミィが一生懸命になればなるほど、仮面を被ることを覚えれば覚えるだけ。

貴女の本当の笑顔が見れなくなるのが、何よりも辛かったのよ。

食事を抜かれる空腹よりも。

失敗をして折檻されるよりも。

サバリンが、わたくしを殺そうとしていることよりも、よほど辛かった。

表で悪辣に見える振る舞いをしながら、わたくしを守ろうとする貴女の影がちらつくたびに。

それから、貴女の明るい笑顔が見れたのは、アーバインとの婚約が解消された時で。

本当の笑顔が見れたのは、わたくしがエイデス様の元へ赴く時だったわ。

貴女を救えないのに、自分だけ逃れなければならない。

必要なことだと分かっていても、身を引き裂かれるようだった。

それが、貴女の心からの願いだと知っていたから受け入れたけれど。

違っていたなら、わたくしはどんな手を使っても、一時的にでも、貴女の側を離れたりはしなかったわ。


ねぇ、ウェルミィ。

わたくし、最初はレオを利用するつもりだったのよ。

それを言ったら、貴女はどんな顔をするのかしら。

裏庭で出会った時、驚かせて、興味を引いて……ウェルミィのことを好きになってもらって、アーバインから引き離させようとしたの。

あるいは、レオの同情を引いて、少しでも美しさを取り戻す為に利用して、アーバインがわたくしの美しさに気付いて貴女から離れるように。

だって貴女、わたくしの為に嫌いな相手に、したくもない色仕掛けをしていたのですもの。

汚い真似を、貴女だけにさせる訳にはいかないと思ったわ。

でも、そんな作戦は取れないと、すぐに知ってしまった。

レオはアーバインと違って、わたくしの事を、きちんと見ている人だったから。

紫の瞳のことだけじゃない。

貴女が守るために被らせてくれた皮の奥にある、わたくし自身を見つめたの。


心の綺麗な人だった。

ウェルミィと同じくらいに。


そうして、手を差し伸べてくれた。

わたくしは弱かったわ。

こんな人を利用したら、それに貴女が気付いたら、きっと悲しむし、わたくしに幻滅すると思って……怖くなってしまったの。

そのせいで、貴女を救うのが遅れてしまったのかもしれないと、本当にこれでいいのかと、思い悩んでいたわ。

ウェルミィがいてくれたから、わたくしは頑張れたのに。

わたくしは、皆が褒めてくれるような、才能も優しさも持ち合わせていないわ。

人を想って助ける為に、自分に出来る精一杯を行動に移せるウェルミィのほうが、きっとずっと、優れた人なのよ。

それでも勇気を振り絞って『ウェルミィを助けるのに協力して欲しい』とレオたちに願ったけれど、すぐに動くのは難しくて。

伝えてくれたレオの好意にも、応えられなかった。

わたくしも惹かれていたけれど、貴女が不幸の中にいるのに、自分だけ幸せに身を浸すのは嫌だったのよ。

だから、貴女の計画を利用しようと思ったの。

デビュタントの日に、貴女が魔導卿に惹かれたことが、分かったから。

きっと貴女は、彼の元にわたくしを行かせようとするでしょうと、思ったのよ。

だって。

貴女が、大切に思っているわたくしを預けようとするのなら。

その人はきっと、誰よりも素敵なウェルミィを愛してくれるだろう人で。

ウェルミィが、誰よりも愛せる人だと思ったから。

大好きなウェルミィ。

幸せになるなら、二人で幸せになるのよって、わたくしはその時に決意したの。

貴女がわたくしを愛してくれたように、わたくしだって、貴女を愛していたのだから。


こうして二人で、笑い合える日が来て、本当に良かった。

先ほど、玄関先へと送り出してくれた可愛い義妹の言葉を思い出しながら、わたくしは門に向かって歩いて行った。

『ねぇお義姉様。……レオと、幸せになってね』

『そういうウェルミィも。今、幸せかしら？』

横に立つ魔導卿の顔を、チラリと朱色の瞳で見上げた後。

可愛いウェルミィは、コクリとうなずいた。

きっともう、大丈夫。

わたくしには無理だった、貴女の仮面を脱がして本当の貴女を慈しむという行為を、魔導卿はあっと言う間に成し遂げてしまった。

貴女の人を見る目は確かよ、ウェルミィ。

そんな貴女を、安心して預けられる人が見つかって、本当に良かった。

二人に見送られた後。

侍女に先導されて門の方に向かうと、前で待っていたレオがこちらに気付いて手を振るのに。

わたくしはそっと寄り添って……少しはしたないけれど、自分から抱擁した。

「い、イオーラ？」

少し頬を赤くして、戸惑ったように呼び掛けてくる愛しい人に、微笑みかける。

『お義姉様は、私にとっても……ずっと大切なお義姉様よ』

泣きながら貴女が伝えてくれた言葉が、とても嬉しくて。

ウェルミィの前ではこらえていた安堵の涙が、頬を伝う。

「ど、どうしたんだ？　何かあったのか？」

「うん……レオ？」

「はい？」

「ウェルミィが、貴方とわたくしのことを認めてくれたわ」

そう伝えると、レオはぱちぱちと瞬きをした。

ちょっと疑問を抱いた時に、彼がよくやる仕草で。

意味を悟ったレオは、満面の笑みを浮かべて、わたくしを抱き締め返してくれた。

「……本当に!?　イオーラ！」

「ええ」

『レオと幸せになってね』と、ウェルミィは言ってくれた。

「待たせて、ごめんなさい」

「たった四年だよ。そんなに待ってない」

「十分長いでしょう。……ありがとう、レオ」

レオには、全部話していた。


待ってくれるなら、ウェルミィが幸せになるまでは、待っていて欲しいって。

その約束を、彼は守ってくれた。

馬車の中に移動して、手を握って横に並んで座りながら、わたくしはレオに話しかける。

「ねぇ、レオ」

「何?」

「陛下にお認めいただいても、きっと色んな人に、わたくしでは釣り合わないと言われるわ」

元伯爵家の令嬢で、潰れることが決まっている家の女伯。

その上、一度婚約を解消している傷物の女で、後ろ盾も何もなく、王家に得もない婚約。

陛下がレオにお話しした通りの『自由恋愛にうつつを抜かした』結果の。


王太子妃に相応しくないという声は、きっと大きい。


でも、レオは不敵に笑って、金の瞳を僅かに細める。

「……でも、イオーラは負けるつもりはないだろう? 俺もないよ?」

わたくしの気持ちを、きちんと分かってくれている言葉に、思わず頬が緩む。

「ええ。だから……魔導卿のお誘いを、受けようと思っているの」

彼は、オルミラージュ侯爵家が最大融資を行《おこな》っている、国際魔導研究機構への入所資格を与えることを、提示してくれていた。

魔導士協会が主催する独立採算の多国籍組織であり、魔導研究の最先端である。

ウェルミィに約束したことを、彼もしっかりと守ってくれた。

わたくしに天から与えられた、人よりも少しだけ優れているらしい才能を、最大限に活かせる場所を用意してくれたの。

「そこへ所属して成果を出せば、上位国際魔導士資格が授与されるそうなの」

その資格は、協会から与えられる最高位『魔導爵』の一つ下の位で、伯爵位に相当するらしい。

授与によって箔をつければ、高位魔導士と王家へのツテを欲する侯爵以上の良家に、養子縁組するよう働きかけてくれる、という話だった。

もしいなければ、オルミラージュ侯爵家で引き取ってもいい、と。

「……結構時間が掛かるんじゃや？」

「それがね。魔力負担軽減に関する卒業論文が、わたくしのものだと、先日証明されたでしょう？論文自体は既に学会で認められているらしくて……あれなら、サロンでこっそり試していたことを流用すれば、すぐに実用化に漕ぎ着けられるわ」

あの貴族学校のサロンに参加していた方々は、皆とても優秀で人格者だった。

教師もいて、彼らとの有益な討論がなければ得られなかった成果の数々は、まだ公表していないことも含めてたくさんある。

古代魔導具に似た効果を再現した錯覚魔術も、その一つだった。

場所と人を、用意してくれたのは、レオとウェルミィだ。

優秀なのは、二人のお眼鏡に適ったのだから、当然なのだろうけれど。

「本当に、感謝してもしきれない……」

流通経路や生産については、オルミラージュ侯爵家とカーラの実家の協力を取り付けられたなら、心配ごとどころか、盤石と言ってもいいくらいの体制が得られる。

「皆がそれで得られる財産権を、ライオネル王家にも一部渡すことに同意してくれれば、話が早いと思うのだけれど……」

「あのサロンのメンバーに、その権利を主張するヤツなんかいないだろ。そもそも君が主体になってやってたことじゃないか」

「そうかしら……」

何をしても父に手柄を奪われていたから、わたくしはその辺りのことがよく分からない。

『自己評価が低い』と、散々仲良くなった人たちに言われていても、あまり実感が湧かなくて。

「大丈夫だよ。君は君の思うままに、やっていい。イオーラに出来ないことをやるのが、俺の役目なんだから」

――権力は、使えるうちに使おうぜ。

そう言って、レオが笑うから。

わたくしはうなずいて、少しだけ彼に体を寄せる。
ウェルミィと一緒で、レオもきっと、分かってはいないでしょう。
——わたくしが、そんな貴方に、どれほど救われているか。

3.魔導卿の過去

「……驚いた……」

そうポツリと呟いたのは、クラーテス先生だった。

彼の言葉に、エイデスが同意を示して頷く。

「そうだろう。私もウェルミィを迎えた後、少々予想外だった」

クラーテス先生が来訪されて、昼食を共にする事になったある日のこと。

ウェルミィの実の父親である彼の子として認められる為の書類に、サインをするから面会したのだけれど。

エイデスと並んだ彼が驚いているのは、ウェルミィの所作についてだった。

「昔から礼儀《カーテシー》は美しかったけれど、高位貴族の作法を、一体どうやってこの短期間に身につけたんだい？」

ウェルミィが、エイデスの屋敷に来て侯爵家の妻としての勉強を始めてから一ヶ月半。

エイデスからは、ほぼ及第点を貰っている。

クラーテス先生の疑問に、ウェルミィはにっこりと笑って答えた。

「実は、子どもの時に私とお義姉様を指導していただいた家庭教師は、コールウェラ・ドレスタ伯爵夫人なんです」

「!?」

クラーテス先生は、ウェルミィの言葉にぽかんと口を開けた。

「コールウェラ夫人、というと……現妃陛下の、王子妃教育をなさっていた……?」

「そうですわ」

『ドレスタ伯爵夫人』の姓と位は、名誉として与えられるもの。

コールウェラ夫人は独身だけれど、淑女として、あるいは教育者として優れた女性に与えられる最高の位であるドレスタの称号を、現妃陛下より賜っていた。

ウェルミィはつい最近まで知らなかったけれど、この間、お義姉様が来た時にふと話題に上がった話があった。

それは、必要な勉強や礼儀作法について、この家に来てからさほど怒られたり呆れられたりしたことがない、という話だった。

貴族学校の成績については、ウェルミィは上位だったけれど、それはお義姉様のレポートの力があってのことだと思っていた。

でも。

『それだけで上位には行けないわよ、ウェルミィ。礼儀作法も、筆記も、魔術も、あまり苦労したことはなかったでしょう？』

『そういえばそうね。皆そんなものなのかと思っていたわ。取り巻きにしてた子たちは、特別頭が悪い子たちを選んでいたし』

『ウェルミィ……』

その物言いにお義姉様は苦笑しつつ、教えてくれた。

『わたくしたちを教育してくれたコールウェラ夫人はね、とても優秀な方だったのよ』

と。

「昔、お義姉様のお母様が、コールウェラ夫人と親しくなさっておられたそうで、その関係で私の家庭教師を引き受けてくれていたらしいの」

実際は、ウェルミィではなくお義姉様の為に引き受けてくれていたはずだった。

しかし他家の内情が本当のところどうなっているのか、など、普通は調べないと分からない。

故エルネスト前夫人と『娘が年頃になったらよろしくお願いします』と、約束を交わしていたことから、コールウェラ夫人が、その実績とはかけ離れた格安で家庭教師として赴くように自ら申し込んでくれたらしい。

夫人は、今は捕まっているサバリン・エルネスト元伯爵が、妾を後妻に迎えたことや、娘を一人連れてきていたことは知っていても、それがまさか同い年の子とは知らなかった。

『エルネストの後継となる子を教育したい』という手紙の内容から、両親はウェルミィの教育を彼女に任せた。

その頃にはすでに、お義姉様は離れに暮らしていたのだ。

そして友好関係にはあっても、コールウェラ夫人は王城や高位貴族の家庭教師にと忙しく働いていて、病床にあった故エルネスト夫人が、その時期あまりお茶会などに出なかったこともあって、イオーラと会ったことがなかった。

そうした事情を、ウェルミィは二人に語った。

「コールウェラ夫人は、疑問には思っておられたそうです。その、私の成績の話ではなくて、この瞳の色とか顔立ちとかが、お義姉様のお母様にも、サバリンにも似ていなかったので」

母イザベラと、クラーテス先生を並べると、ウェルミィの顔立ちは当然ながら二人のものと似ている。

「なるほどね……それで？」

「コールウェラ夫人は、王太子妃に対するものと同等の教育を、私やお義姉様に施してくれていたんです」

『礼儀作法がいくら洗練されていても、知識がいくらあっても、困ることはありません』と、コールウェラ夫人はよく言っていた。

お義姉様のお母様がいないことで、その娘がバカにされることがないように、という気持ちもあったのだと思う。

「その分、当然厳しい人でしたけれど、この方ならお義姉様にも同様の教育をしてくれるはず、と思って、お義姉様の離れに『左遷』しました」

「……君はその、それを考えて実行したのはいつなんだい？」

何故か頬を引き攣らせるクラーテス先生に、ウェルミィは音もなく紅茶のカップを手にしながら、にっこりと答えた。

「12歳の時ですわ」

「別におかしなことではないだろう、クラーテス。ウェルミィなら、それくらいはやる」

エイデスは楽しそうに片頬を上げた。

『左遷』されて疑問が解消されたコールウェラ夫人と、お義姉様とで色々なことを話し合った結果、彼女はようやく、エルネスト伯爵家の内情を知った。

「お義姉様の扱いに、怒っておられたそうですけれど、そのことに口は出さずに黙っている代わりに、お義姉様は及第点以上の礼儀作法を身につけることが出来たのだと」

それがレオの目に留まったのだから、世の中、何が幸いするか分からない。

自分の選択が一つ、間違っていなかったことが分かって、ウェルミィはとても嬉しかった。

「ウェルミィならそれくらいは、か……まぁ、そうだね。君の厳しい目が認めるくらいだからね」

苦笑して話を変えたクラーテス先生は、その後エイデスが執務の為に場を辞すと、客間でウェルミィと手続きをした。

「さて、これを出せば、君は正式に私の娘として認められるね」

「ありがとうございます、お父様」

まだ少し気恥ずかしいけれど、ウェルミィはクラーテス先生にそう呼びかける。

初めて呼んだ時、すごく嬉しそうにしてくれたから。

「うん。……ウェルミィ。私はね、エイデスのことも、弟みたいに思っているんだ。その二人が婚約を結ぶことになってくれたのは、ことのほか嬉しい」

「……はい」

「エイデスはきっと話さないだろうけれど、私は君に、エイデスのことを理解してあげて欲しいと思っているんだよ」

はにかむウェルミィに、一度にっこりと笑みを浮かべた後で表情を引き締めて、クラーテス先生は言葉を重ねる。

解呪の手解きを受けていた頃と同じように、柔らかで耳に心地よい声で。

「エルネスト夫妻と、アーバインの刑が確定したことは聞いているかい？」

そう問われて、ウェルミィはうなずいた。

「はい。元お父様は絞首刑、お母様は貴族籍だけを残して、辺境の修道院へ送られると……」

サバリンに対する量刑は、妥当だ。

国家背任に加え、正統な後継者である兄の娘を殺害しようとしたのだから。

お母様については、よく分からない。

平民落ちしても王都追放は免れないだろうし、あの歳で田舎の平民に戻るのと修道院送りなら、どちらも彼女にとっては過酷だろう。

「そうだね。……平民に戻す、という措置をしなかったのは、私の希望だ。……やっぱり、一度は愛した人、だったからね」

少し悲しそうで、遠い目をするクラーテス先生に、ウェルミィはなんと声を掛けたらいいか、分からなかった。

「……お母様は、私には優しかったんです。それに、使用人にも……」

「そうなんだね」

ウェルミィに対しては、叱るところではちゃんと叱ったり、褒めたりしていた。

態度がおかしかったのは、お義姉様に対してだけだったのだ。

使用人も、オレイアとゴルドレイ以外はお義姉様に冷たかったけれど、それは女主人としてのお母様を慕っていたこととも、関係があったのかも知れない。

お母様は養護院の出身で、貧乏をいっそ憎んでいると言えるほどに嫌っていたように思える。

散財ばかりしていたのは、きっと昔苦労した反動なのだろう。

『ウェルミィ。貴女も少しでも良いものを身につけなさい。お金の心配なんか、しなくていいわ。自分のものを、たくさん買っておくのよ』

そんな風に。

お母様は、ウェルミィに貧しい暮らしはさせたくないと思っていたに違いない。

だからこそ、生まれた時から貴族として大切に育てられたことが分かった、お義姉様を憎んだのではないかしら、と思っていた。

でも、ウェルミィにお母様に対する同情はない。

どんな理由であれお義姉様を虐げていたのは事実で、いつからかウェルミィは、自分の家族はお義姉様だけだと、思うようになっていたから。

「アーバインは、罰金だけで済んだんですよね……」

「そうだね。殿下が、自分への不敬に対して、そこまで重い罰を望まなかったらしい。いくら法の定めと言えど、君はお咎めなしで彼だけ追放や処刑、となると悪い噂が広がるだろうしね。……それに、シュナイガー伯爵家自体は、不正なことはしていなかったそうだ。次男坊はあまり出来が良くないみたいだけど、家長と長男は優秀な人物みたいだよ」

苦笑するクラーテス先生を見て、ウェルミィは驚いた。

柔らかくとはいえ、人を否定する言葉を聞いたのは、初めてだったからだ。

それこそ、自分を裏切ったお母様に対しても言葉を選んでいたのに。

「アーバインには辛辣ですね？」

「そりゃね。イザベラもだけど……自分の娘と、大事なその姉を苦しめた元凶だから。若い女性にとっては、下手な陰口や罵声、自分が与り知らぬ犯罪行為なんかより、体に触れられる方がよほど嫌なものだろう？」

その言葉に、今度はウェルミィが苦笑する。

「私は、望んで身を任せていたのですもの」

「それでも、君たちの状況をもっと早くに知っていれば、私が名乗り出ても良かった。そうすれば、君を守れただろうに」

「お父様の責任ではないのですから、気にしないでください。それにきっと、申し出を受けてもお断りしましたわ。だって、お義姉様を助ける算段が立ってませんでしたもの」

結局、お義姉様とウェルミィ、どちらもいっぺんに助かるにはあの方法しかなかったのだと思う。

レオも、クラーテス先生も、お義姉様やウェルミィ自身も、他の面々も。

それぞれ線では繋がっていたけれど、それが面になるには、ウェルミィがエイデスに出した告発の手紙が必要だったから。

そう言うと、納得していなさそうな顔をしながらも、クラーテス先生は話を先に進めた。

「アーバインの処遇は、今後、彼の実家がどう判断するかだけど……まぁ、エイデスが面会して、だいぶキツめの制裁を加えてたし、君やイオーラにちょっかいをかけてくることはないと思うよ」

「彼の性格だと、夜会にも出て来れなさそうですけどね。プライドだけは高いので」

陰口を叩かれて嘲笑されるなんて、きっと一番嫌がるだろうから。

それより、エイデスの制裁の内容が気になった。

夜会ではああ言ったけど、一応、重い罰を望まない旨は伝えてある。

が、クラーテス先生は内容については話す気がないのか、別のことを口にした。

「それと、ウェルミィ。彼自身は話すことがないだろうけど……私は君に、エイデスのことを話そうと思う。少し付き合ってくれるかな？」

その問いかけに、ウェルミィはクラーテス先生の目を見返す。

いつもの穏やかな光ではなく、彼の目は深い悲しみの色合いを帯びていた。

「エイデスの、秘密ですか？」

「そうかもね。でも多分、弱みではないよ。少なくとも彼にとってはね」

「あら、残念。だけど、聞きたいです」

ウェルミィが姿勢を正すと、クラーテス先生は微笑みを浮かべながら話し始めた。

※※※

「エイデスが、魔導省の長となるほどに上り詰め、魔導具による不正にとてつもなく厳しいのはね、ウェルミィ。……彼が、母や姉を、それによって失っているからなんだ」

クラーテス先生の言葉に、ウェルミィは目を丸くした。

彼が残虐非道と言われるほどに厳しく呪いの魔導具を取り締まり、その原理を解き明かして広く知らしめたのは、有名な話だったけれど。

「正確には、義母と義姉なのだけれどね。エイデスもまた、表沙汰になってはいないが……彼は、先代侯爵の『弟』の息子なんだ」

「初めて聞きました」

「そう、ほとんどの人間は知らない。国の上層部でも、知っているのはごく一部だろう」

エイデスの父は、領地運営の補佐として先代侯爵を助けていたが、視察の最中に地震による建物の倒壊に巻き込まれて命を落としたらしい。

「残された妻のお腹には、子どもが宿っていた。そして生まれてきた子どもは、紫の瞳を持っていたんだ」

「それって……」

ウェルミィは目を丸くする。

その境遇はまるで、イオーラお義姉様のような。

「侯爵は、夫を亡くした若妻に問うた。子を連れて育てるか、なかったことにして別の家へ後妻として嫁ぐか。……エイデスの母が選んだのは後者だったらしい」

　エイデスを捨てて、別の家へ。

　だから彼は、先代侯爵に引き取られて。

「どうして……」

「真実は、決断した本人にしか分からない。結局、先代侯爵は自分の息子としてエイデスを届け出て、才覚を見せた彼を後継者として指名した。長女の成人直前にね。元々、夫を得て侯爵家を継ぐはずだった彼女の気持ちも、どうだったかは分からない。少なくとも、彼女本人は『仕方がない』と苦笑していたけれどね」

　歳の離れた弟に、全てを奪われた姉。

　そして我が子が得るはずだった地位を奪われた、先代侯爵夫人。

　二人は内心に、暗い思いを抱えていたのだろうか。

「少なくとも私が見る限り、三人は仲が良かったよ。表面上の話かもしれないけど……思うところがあったとしても、それはほんの小さな気持ちだっただろう。彼女らは貴族として一流の教育を受けていたし、先代侯爵も決して非人道的な人ではない。厳しい人ではあったけれど、妻子も弟の子も、ちゃんと愛していた」

　それを砕いたのが、呪いの魔導具だったらしい。

「妻や姉の部屋にいつの間にか、目立たないように置かれていた魔導具は、人の暗い気持ちを増幅させるものだった。後で分かったんだけどね。……弟という片腕を失い、忙しくなって家にあまり居られなかった先代侯爵は、徐々に豹変した妻子に、気付くのが遅れたんだ」

エイデスは、ある意味では虐げられた。

だけどそれは、当初は無視されたり避けられたりする程度の、ほんの些細なものだったらしい。

「彼らに嫌われた理由が、エイデスには分からなかった。だけどある日……姉が口にした魔術の間違いを何気なく指摘した時に、いきなり爆発したんだ」

呪いの魔導具は、精神的な爆弾のようなものだったと、クラーテス先生は言う。

「リロウドの家も、侯爵家との交流はあったけれど、彼女らの私室に入ることはなかったからね。自分たちを馬鹿にしているのかと、家督を奪い取って嬉しいかと、激昂した姉に果物ナイフで切りつけられ、義母は暖炉に突っ込まれて熱された火かき棒を引き抜き、エイデスに迫ったそうだ」

そして身の危険を覚えたエイデスが、彼女らの手から武器を魔術で弾き飛ばすと、床に落ちた火かき棒に残っていた火が、大きく燃え上がった。

叩き落とされて割れていた、先代侯爵のコレクションである度数の高い酒に引火したのだ。

「あっという間に、夫人たちのドレスに引火して、彼女らは炎に包まれた。それでもエイデスに掴みかかってくる彼女らを助けることも出来ず、居間も炎に包まれて……騒ぎを聞いて様子を見に来た侍従の一人が、エイデスを連れて逃げた」

彼は、左手にいつも手袋をしているだろう、とクラーテス先生は悲しげに言う。

「はい」

寝る時も外さないそれを、少し不思議には思っていたけれど。

「姉に摑み掛かられた時の、火傷の跡があるんだ。その騒ぎの後に、私はエイデスに話を聞いた」

あまりの醜聞な上にそれを成した二人が死んだことで、事実は秘匿され、火の不始末ということになった。

結局、それを置いた犯人は分からなかったらしい。

「エイデスは、彼女たちを恨んではいなかったよ。だけど、呪いの魔導具を心底憎んだ」

『母上も姉上も、優しかった』と。

『本当に自分を恨んでいたのだとしても、それを表に出すような人たちではなかった』と。

「それからだ。それまでも優秀だったエイデスが、女性を遠ざけ、さらに勉強や魔術に打ち込み始めたのは。私も、実際に養護院などへ足を運び始めた。国王陛下は法整備に着手し始めた。……あの事件は、色んな爪痕を残していった」

だけど、クラーテス先生自身も出奔してしまい。

「エイデスがどんな風に過ごしていたのかは、それ以上は知らない。けれど、彼の心が一番軋んでただろう時期に、側には居てやれなかった」

心残りを口にして、彼は深く息を吐く。

ウェルミィは、まるで自分のことのように、その気持ちが分かるような気がした。

だって。

「お父様が、私に解呪の手解きをして下さったのも、それが理由ですか……？」

「そうだね。エイデスが君たちを助けたのも、きっと同じじゃないかな。自分が気づいてやれていれば、もっと疑問を持っていれば、助けを求めていれば。あの人たちは、助かったかもしれない」

エルネスト伯爵家の場合は、ゴルドレイが呪いの魔導具の存在に気付いてくれた。

ウェルミィも、お義姉様を助けたいと思った。

だから、クラーテス先生の元へも赴いたし、エイデスにも手紙を書いたのだ。

「君たちを助けたところで、亡くなった方々への償いにはならない。自己満足だ。でも、その後悔があったから……エイデスは魔導省の長になり、私は解呪師として皆を助けたかった」

少しでも、自分たちの身に降りかかったような悲劇が減るように、と。

「だから君はね、ウェルミィ。本当に最善の行動をしたんだ。エイデスは、君が自分と同じような境遇にいて、それを打破しようとしていたことが……自分が出来なかったことを成し遂げようとしているウェルミィのことが、とても眩しかったんだと思う」

だから心を惹かれ、そして助けた、と。

「君に惚れているのは、きっと本当だよ。あんな態度だけれど、母と姉を失ってから、君といる時ほど楽しそうにしているのを、今まで見たことがない。ウェルミィは彼の心まで、その行動で救ったんだよ」

ウェルミィは、それを聞きながら、自分の感情に戸惑っていた。

――何だろう、この気持ち。

いつも意地悪なエイデス。
たまにふと、優しく自分を見つめるエイデス。
慈しむように抱きしめて、頭を撫でてくれるエイデス。

素直になれないけれど。
それでも好意を精一杯示すと、嬉しそうに笑ってくれるエイデス。

女嫌いで冷酷非情の魔導卿なんて、ウェルミィの前にはいなかった。
心を救った、と言われても、よく分からない。
でも、あんなに完璧に見えて、ウェルミィの思惑なんか全部お見通しで、愛情をいっぱいくれる彼の役に……知らない間にでも……立てていたなら。

――嬉しい、かも、しれないわ。

与えてもらうばっかりだと思っていたのに。

そうではなかったと知れたことが、凄く、嬉しい。

「……ありがとうございます、お父様」

話してくれて、良かったと思った。

目尻が熱くなってきて、涙が流れないように軽くまばたきをする。

この屋敷に来てから、ウェルミィは涙もろくなった。

嬉しい涙のほうが多いけれど、エルネストの家にいた時は、泣いたことなんて、ほとんどなかったのに。

「だからウェルミィも、エイデスを甘やかしてあげて欲しい。あの子は愛情を注いでくれる人たちを喪っていた。先代侯爵も忙しくて、あまり構ってはあげられなかっただろうしね。……だから出来れば、注がれた分だけの愛情を、君がエイデスに返してあげてほしい」

「……はい」

クラーテス先生は満足そうに頷いて、腰を上げた。

また来るよ、と言って彼が帰った後に、ウェルミィはまた少しだけ泣いて。

夕方、いつものように執務室から出てきたエイデスを、ぎゅっと抱きしめる。

「どうした？　ウェルミィ」

「大好きよ、エイデス」

彼の胸に顔を埋めて、ウェルミィは強くその背中に手を回した。

いきなりの行動に面食らったのか少しだけ固まった後、エイデスはすぐに『やれやれ』とでもいうように苦笑して、ふわりと抱き締め返してくれた。

「クラーテスが、余計なことを話したんだな？」

「余計なんかじゃないわ。大事なことを、お父様は話してくれたのよ」

エイデスの心のありようを、その行動の意味を。

きちんと理解出来たから……ウェルミィは、彼に一歩も二歩も、近づけた気がした。

錯覚かもしれないけれど。

「離さないわ。……貴方がもし、私に飽きても、離れてやらないんだから」

「エイデスだ、ウェルミィ。名前で呼べと言っているだろう？」

頭を優しく撫でてくれたエイデスは、ウェルミィをいつものように抱き上げる。

「それに、離れる権利はお前にはない。――ウェルミィ・エルネストは、私のものだ」

まるで、宝物だとでもいうように、そう嘯《うそぶ》くエイデスの首に。

ウェルミィは、また腕を回して、今度は頭を抱き締めた。

——自分の想いが、少しでもエイデスに伝わりますように。

4. 愚か者たちの末路

――ある日のこと。


『アーバインの処罰についてだが、ウェルミィはどうしたい？』

『何で私に聞くの？　お義姉様の本質を見抜けないような愚か者に、興味はないわ』

『実家の件はまっさらだが、奴自身の行動を厳罰にする程度の根回しは出来る』

『必要ないわよ。……お義姉様の悪評をばら撒いてたのはムカつくけど、私も利用してたしね』

『なるほど、では、せめて関わって来ないように取り計らおう』


そんな会話が、エイデスとウェルミィの間で交わされ……魔導卿はその足で、貴人牢に閉じ込められたアーバインの元へと、面会に向かった。

※※※

アーバインは、疲れ切っていた。

貴人牢とはいえ、閉じ込められて部屋から出られないような経験は初めてで、実家の調査や処分が決まるまでの間はどんなやり取りも王家の名の下に禁じられてしまっていた。

何も分からないまま、ずっと閉じ込められているというのは、想像以上に辛いものだった。


——何で俺が、こんな目に……。


何度、心の中で繰り返しても、答えは得られない。

そうして、十日以上が過ぎたある日。

面会希望者がいると言われて向かった先に、あの男がいた。

不遜な態度で足を組んだ銀髪の男に、正面のソファに向かって『座れ』と顎をしゃくられる。

冷酷非情の魔導卿————エイデス・オルミラージュ侯爵。

「お前は不敬罪に問われている」

大人しく座ると、彼は挨拶もなくいきなりこう告げた。

「その量刑に関して。国王陛下に『情状酌量の余地ありとみなすかどうか』を裁量する権利を与えられた。私がこれからどう動くかは、お前の態度次第だ」

言われて、アーバインは気が重くなった。

――この男が、俺の事を良いように言う訳がない。

ウェルミィを妻にと願い、イオーラを助けた相手だ。

不敬罪の最高刑は、公開処刑。

死の気配が重くのしかかってきたような錯覚に、震えそうになるのをグッと堪える。

しかしエイデスは、肩に力を込めて体を強張らせたアーバインに、軽く口の端を上げた。

「私が怖いか？　アーバイン・シュナイガー。……お前は愚か者だ。だが、自分が置かれた状況を把握し、目の前の人間がどういう相手かを理解する頭は、どうやらあるようだな」

「……？」

言っていることが、よく分からない。

アーバインが顔を伏せたままでいると、エイデスは淡々と言葉を重ねた。

「芯からの愚か者は、予測が出来ないものだ。私が口利きをしてやると言えば、自分がどれほど悪くないか、情状酌量の余地があるかを嬉々として語り出す」

——どういうことだ？

アーバインは訝しんだ。

それではまるで、そういう話をしなかったアーバインのことを『そこまでの愚か者ではない』と言っているみたいだ。

それとも、油断させておいて失言を引き出すつもりなのか。

気を引き締めようと一度深く呼吸したアーバインに、エイデスが楽しそうに、クク、と喉を鳴らして、言葉を重ねる。

「疑心暗鬼になっているな。そう、お前の行動自体は愚かだった。自ら望んだ婚約者であるイオーラを蔑ろにし、悪評を触れ回り、ウェルミィに愛想を尽かされ騙された。挙句に王太子殿下を侮辱して牢屋行き。それがなかったとしても、手にするはずだったエルネスト伯爵家は内実が火の車の、砂上の楼閣だった」

アーバインはその言葉に、頬と頭に血が上るのを感じた。

怒りなのか羞恥なのか、自分でもよく分からない感情だった。

膝を摑んだ手に力が込もるが、震えだけは意地で抑える。

「一人で過ごして、少しは頭が冷えたか？」

エイデスの言葉に、アーバインは黙ったまま彼の顔を見返す。

冷え切って見下しているような笑みだが、その目には、何の感情も宿っていなかった。

怒りも、蔑みも。

格下どころか、道端の石ころでも見るような、無機質な視線。

「何か一つでもお前の行動が違っていれば、お前はイオーラかウェルミィを手にすることが出来た。四年間、何度でもチャンスがあったにも拘わらず、お前は選ばれなかった。あれほど聡明な姉妹にな。それがどういう意味か、理解出来るか？　アーバイン・シュナイガー」

「……俺を、馬鹿にしに来たんですか？」


心の奥底に、ずくん、と疼くものがあった。


脳裏を、二人の様々な顔が駆け巡る。

大昔に、実の母親に連れられてシュナイガー家に来たイオーラと、貴族学校で再会した時に見たイオーラ。

学校に入ったばかりの頃の、まだ今よりも幼かったウェルミィと、卒業パーティーで自分にしなだれかかっていたウェルミィ。

半年後に現れた、エイデスと共に立つ美しいイオーラ。

あの夜会の場で、毅然と立っていたウェルミィ。

――――俺は、何を見ていた？


イオーラとの記憶なんて、婚約者だったのにほとんどなかった。

だけど、ウェルミィは。

イオーラを目にした後に喧嘩した記憶や、あの夜会の時の記憶だけじゃなくて……気の強そうな微笑みを浮かべる彼女の普段の姿を、数え切れないほど覚えている。

ずっと一緒に居たのだ。

ずっと。

貴族学校の四年間は……アーバインが、彼女と一緒に過ごした四年間だったのに。


――――彼女が選んだのは、エイデスだった。


「ウェルミィを手にした自分を、誇りに来たんですか」

もしそうだとしたら、下らない振る舞いだと思った。

そして同時に……それが自分が貴族学校でやって来たことだとも気づき、また、胸が疼く。

「お前を馬鹿にしたり自慢する為だけに、わざわざ来るわけがないだろう。最初に言った通り、見極めに来た。それ以上の意味はない」

エイデスの答えは、あくまでも淡々としていた。

「入学当初は、お前も彼女たちと同様、上位クラスにいたそうだな。アーバイン」

質問には答えず、あまり関係のなさそうな事をエイデスが喋り始める。

「だが、二年以降イオーラは目立たぬよう中位クラスに、お前は底辺の下位クラスにいた」

「……何が、言いたいんですか」

アーバインは、元々成績優秀な訳ではなかった。

どうせ勉強しても家督は継げない……物事を理解出来るようになる年頃にはそんな気持ちがあり、勉強に身が入らなかった。

しかし、家を継ぐ相手のところに婿入りすれば爵位が得られる。

そして、幼い頃に見たイオーラが、エルネスト伯爵家の嫡子だと思い出して。


——そうだ、俺は……。


あの美しいイオーラを手に入れたい、その為には、家を継げるだけの力を持たなければ、と。

『彼女の婚約者になりたいから』と、父に誓って。

――結果を、出したんだ。

結果を、出したはずだったのに。

「何故、貴族学校に入学した後のお前が愚かなのか、それが分かるか？」

「……」

「お前にはチャンスがあった。気付く機会もあった。お前の行動一つで全てが変わったはずだ。貴族学校で再会した時、お前はイオーラの見窄らしい姿を見て落胆したそうだな。そして可憐なウェルミィに擦り寄られて良い気になった。好かれていると。そして婚約者をすげ替えても家督を継げると、慢心した」

「…………」

「才気の花のような二人だ。他の何にも代えがたいほどのな。……そんな彼女らに釣り合う努力を、お前はしたのか？　イオーラやウェルミィを、知る努力を」

アーバインには、何も答えられない。

している訳がなかった。

していたら、気づいていたら、こんな場所で、エイデスと対峙している訳がない。

行動一つだった、と先ほどエイデスは言った。

――二人のどちらかが自分を見限らないだけの努力を、していれば。

その通りだと分かるのに、認めたくはなかった。

「女性が花開くのに、男の手は必要がないかもしれん。だが、どのような花も水を与えられなければ、萎《しお》れて当然だろう」

再会したイオーラが、なぜそうなっているのかを気にかけていれば。

彼女に花の一つでも贈り、エルネスト伯爵家に赴いていれば。

「萎れている花を見て、咲き誇る本来の姿を想像せず、ただ、萎れていることを嘲笑った」

イオーラをきちんと見つめていれば、ウェルミィは、もしかしたらアーバインにすり寄っては来なかったかもしれない。

エルネスト伯爵家からイオーラを逃すだけならば、あるいは彼女の置かれた境遇を改善するだけならば、婚約者のアーバインが、一言何か抗議をしていれば。

状況は、変わったかもしれなかったのに。

そうしたら、ウェルミィはアーバインを認めたかもしれなかったのに。

「ウェルミィにしても。エルネスト伯爵家の没落は免れなかったかもしれんが、お前が彼女に釣り合う努力をしていれば、全てを巻き込んで壊そうとはしなかっただろう」

ウェルミィが近づいてきた後に。

優秀な彼女に、釣り合うための努力をしていれば。

イオーラの為に家は潰したかもしれないが、結婚目前まで行っていたアーバインを、自分の伴侶としては認めていたかもしれない。

もし、もし、もし。

全部仮定だ。


――――なんで俺が、こんな目に？

――――見限られて、当然だ。


そんな相反する呟きが二つ、胸の中に響いた気がした。

幻聴だけではなく、現実に存在するエイデスの声も、アーバインの愚かさを貫いてくる。

「理解したようだな。お前は何もしなかった。目を曇らせ、努力を怠り、立場にあぐらを掻いた。お前に足りなかったのは、努力だ」

高嶺の花を望むのなら、相応の努力をしなければならなかったのだと。

「……あなたは、したんですか」

アーバインは、エイデスの目が見れなかった。

奥歯を噛み締めて、震える声で反発しながら問いかける。


——努力など必要ないほど、恵まれていたんじゃないのか。


多くの人が見惚れる美貌を備えて。

生まれながらに、強い魔力を示す紫の瞳を持ち。

ライオネル王国筆頭侯爵家の後継者としての地位にあり。

金も、地位も、権力も……ウェルミィの信頼さえも勝ち得、王室までも味方につけて。

目の前の男に対して湧いた嫉妬心が、口にさせた言葉は。


「当然だ」


そう、一蹴された。

「生まれながらの魔力の高さは、魔術の修練なしには生かされない。多くの知識を正しく持たねば、ただそこにあるだけのものだ。私の立場が気に入らないか？　だが、強大な権力と地位を維持するには、見合うだけの能力が必要だとは思わないか？　私の顔が気に入らないか？　これに関しては、私ではなくイオーラやウェルミィのことを考えた方がよく分かるだろう」

「……どういう意味です」

「女性が、何もせずとも美しく在ると、お前はまだ思っているのか？　イオーラが花開くのを見ていながら」

言われて、アーバインは息を飲んだ。

「相応の努力なしに、内面の輝きなしに、生来の容姿のみで女性は決して美しくは見えないのだと。お前は思い知ったのではないのか。礼儀礼節は何のためにある？　貴族の所作が美しいのは生来か？　普段からの心がけがあるからだろう」

男も同じだ、とエイデスは言う。

「美しさは、顔形や、外見だけを金で着飾って得られるものではない。普段からの弛まぬ努力こそが、美しさを支える。騎士が剣を振るえるのは何故だ？　体を鍛えるからだ。文官が難しい問題を解決するのは何故だ？　知識を得て、それを活かすために考え続けているからだ」

そうした人間が、魅力的に見えるのは。

「弛まぬ努力の果てに、それを得るからだ」

アーバインは、ぐうの音も出なかった。

「金も、地位も、権力も。ただ嫡男として生まれれば、嫡子を娶れば、あるいは上の人間を排除すれば、得られると思っている愚者は多い。実際にそうであることも多いが、そんな愚者を上に頂くことで被害を被るのは、いつだって弱き者たちだ」

どれほど賢くとも幼い子どもでしかなく、抗う術を持たなかったイオーラのように。

救いたい者をその場で救えなかった、ウェルミィのように。

「……お前は想像したことがあるか？　生まれた時から、弱き者を救う義務や責任を背負うことが分かっている者の辛苦を。その重みを」

そう言われて、思い出すのは兄の背中。

兄がいなくなった時の代わりとして、勉強を強要されていたことすら苦痛だったのに。

アーバインと違い、兄は父にいつだって厳しく接されていた。

それをアーバインは、自分と違って期待されているからだと、思っていたが。

そうではなく。

生まれ持って背負わなければならない者たちの為に、厳しく接し、接されることが必要だったのではないか、と。

……自分のようなバカに、苦しめられる者を少しでも減らす為に。

「俺、は……」

誰かに並び立つ努力など、しなかった。

手に入ったら終わりだと思っていた。

そこから先の方が、長いのに。

苦しむ今を、その長さを、共に支え合う相手が、あの二人には必要だったのに。


――俺は。


「自分のこと、だけ……」

「そうだ。真の愚者は、永遠にそれには気付けない。相手が悪い、環境が悪い、他の何かが悪いと、自分以外のせいにして、己を振り返らない」

エイデスは組んでいた足を解き、立ち上がる。

見上げると、こちらを見下ろす彼の青みがかった紫の瞳と視線が重なる。


――カッコいいよな。

立ち振る舞いも、言葉の重みも、何もかもがアーバインとは違う。

比べるまでもない。

自分と並んだら誰だって、エイデスを選ぶだろう。

それが、本当の意味で理解出来た、と、アーバインが思った時に。

「理解出来たなら、罰金で済ませるように計らおう。アーバイン」


そう言われて、目を見開く。

「な、何で……」

「真の愚者は、反省をしないと言っただろう。私は、たとえ一度間違った相手であろうと、二度三度同じ愚を犯さぬのなら、失敗を認めないほどに不寛容ではない」

エイデスの目は、先ほどまで何の感情も浮かんでいないように見えていたが。

今見ると、全てを見透かしているように、感じた。

侮蔑も哀れみもなく、ただ、アーバインという個人を見ている。

それは、ウェルミィの朱色の瞳と、よく似ている気がした。

と、思ったところで。

「ウェルミィは、厳罰を望まなかった。『利用していたからお互い様だ』とな」

その言葉に、アーバインはぽかんと口を開く。

「イオーラとウェルミィの四年間を踏み躙《にじ》った事を、己の愚かな行いを、見つめ直したのなら……それを行動で示した時には、謝罪の機会程度は設けてやる。それまでは接触を禁じる」

アーバインは、顔を伏せた。


――スゲェなぁ。


確かに、ウェルミィと自分が、釣り合うわけがなかった。

逆の立場なら……この人と話す前の自分なら、きっと、アーバインのような立場の相手を嘲笑い、見捨てたはずだ。

こんな人に選ばれるウェルミィは、この人が認めた王太子に選ばれるイオーラは、最初から、自分の手の中になどいなかったのだ。

自嘲の笑みを浮かべながら、自然に立ち上がったアーバインは、出て行こうとするエイデスに深く、頭を下げる。

「ありがとうございました。ご温情に、感謝いたします」

するとエイデスが振り返り、面白そうなものを見たような笑みを浮かべて、一言だけ残して去っていった。

「――選ばれる男になれ。アーバイン・シュナイガー」


何故か、泣きそうになった。

その後、保釈されたアーバインは父に散々雷を落とされ、兄に殴られ、自分の幸運に感謝しろと何度も怒られたが。

今までのように腹は立たなかった。

ただ、申し訳ありません、と繰り返すアーバインに何かを感じたのか、今後どうするかを問われ。


『騎士団に、入らせていただけませんか』


と、そう望んだ。

誰かの婿入りをしても、今のアーバインではまともな領地経営など出来ない。

文官になるには頭が足りない。

だけど、体を鍛えて、その間に今までサボってきた勉強をして……役に立つ存在になれば。

いつか、誰かが認めてくれるかもしれないと、そう思って。

アーバインは、特別厳しいと噂の南部辺境伯騎士団への編入を希望する。

父と兄はそれを認めてくれたので、王都を離れた。

今後、エイデスやウェルミィ、イオーラに会う可能性は限りなく低いけど。

彼に認められて、もう一度会った時に、反省したことを彼女らが一目で分かるように。

その上で、誠心誠意、謝罪出来るように。

※※※

——何で、俺が、こんな目に……。


サバリン・エルネスト元伯爵は、牢獄の監理官に両脇を抱えられて、フラフラと薄暗い廊下を歩いていた。

貴人牢から、爵位の剝奪と同時に告げられたのは……死刑宣告だった。

裁判もないのかと喚いたが、そもそもこちらの言い分など聞くつもりがなさそうなほど迅速に、それが決定した。


——何故だ……。

サバリンは、エルネスト家の次男として生まれた。

口うるさい父と、堅物の兄に反発して遊び歩いていた。

そんなサバリンに転機が訪れたのは、父が死に、兄が爵位を継いですぐのこと。

兄が視察先で死に、継承権が転がり込んできたのだ。

親戚は皆、サバリンが継ぐことに反対した。

かなりイライラさせられた。

継承権があるのだから継いで当然で、あんなケチ臭い父や兄などに自分が劣るはずがないのだ。

だから、兄嫁に話を持ちかけた。

兄の『お下がり』だが、親戚から同情を集めている女。

俺を後押しすれば、お前の子どもが産まれたら継承権を与えてやるぞ、と言ってやったのに、返事を無駄に待たされたものだ。

ようやく伯爵の椅子に収まり、サバリンは満足した。

しかし、その満足は長く続かない。

兄嫁は、サバリンのものになったくせに、ヤらせなかった。

それどころか、既に兄の血を引く子が腹にいるから今後一切必要ない、などとほざきやがった。

顔だけは良いから娶ってやったのに、ふざけやがって。

むしゃくしゃして、街を歩いていた、男好きのする体つきの平民を無理やり馬車に連れ込み、別邸で犯してやった。

それがイザベラだ。

最初は泣き喚いていたが、すぐに従順になったので屋敷に住まわせ、可愛がってやった。

領主の仕事は、兄嫁に押し付けた。

いくら美人だろうと、サバリンは手も出させない女に興味はない。

こいつを無理やり犯そうにも、親戚連中がうるさい以前に、いつもあいつの側にいるゴルドレイと乳母の婆さんが邪魔だった。

イザベラもすぐに孕んで大して楽しめなかったが、こっちはサバリンの子どもだ。

兄嫁がくたばった後、可愛いイザベラと我が子のウェルミィを家に迎えた。

すると、親戚連中が皆『縁を切る』と言い出して、使用人もほとんど辞め、残ったのはゴルドレイと乳母の婆さんだけだった。

その婆さんも辞めて、サバリンはようやく、ウェルミィを後継者にするために動き出す。

イオーラなどさっさとくたばればいいものを、兄嫁よりはしぶといようだった。


——あれを虐げると言い出したのは、イザベラだ……。

あの女に唆《そそのか》されたのだ。

自分は全く悪くない。

しかしイオーラは、本当にしぶとかった。

いつまで経っても弱らないイラつきから賭博に金を使いすぎてしまい、イオーラを殺すために購入した魔導具での殺害も上手くいかない。

資金繰りに困った時に、当時まだ子爵だったシュナイガー家が、アーバインという次男坊とイオーラの婚約を条件に融資を申し出て来た。


――好都合だな。


イオーラはどうせその内死ぬのだし、婚約は相手がいなければ解消するしかない。

今は、目先の金だ。

領主の仕事は全部、役立たずな上にしぶといイオーラと、ゴルドレイに任せていた。

一家の当主たる自分が、わざわざ机にかじりついて楽しくもないことをやってやる必要などない。

そして資金繰りに関しては、もう一つ目処がついていた。


――あれを教えたのは、ゴルドレイだ……。

『二重帳簿を作り、税を誤魔化せば、手元に資金が残るかと』と。

あいつが唆したのが、悪いんだ。

兄嫁が、サバリンを騙さず大人しく自分のものになっていれば。

イザベラが、浮気などしなければ。

ゴルドレイが唆さなければ。


――全部、あいつらが……。


なのに、なぜサバリンだけが処刑されなければならないのか。

理不尽に怒る体力すらなく、内心で恨み言を思い浮かべながら長い廊下を抜けると、眩しい日差しの中、絞首台が現れる。


目を細めるサバリンの処刑を見に来た者たちが、歓声を上げた。


違うんだ、と口にするが、猿ぐつわを噛まされていて言葉にならない。

身をよじって抵抗しても、監理官からサバリンを引き受けた屈強な兵士が、目隠しをして、引きずるように絞首台に上がらされる。

――俺は、何も悪くない……何でこんなことに。

サバリン・エルネストは、結局己を振り返ることもなく。
足元の床が消える感覚と、グッと首を引っ張る縄の無慈悲な硬さを感じながら――。

――永遠に、その意識を閉ざした。

※※※

サバリンが処刑された。
その事実を伝えられたイザベラは、一人、牢獄の中で笑みを浮かべる。

――全て終わった。これで。

イザベラの、目論見通りに。

――長かった。


深く息を吐くと、魂ごと抜けてしまいそうなほどの脱力感に包まれる。

元々イザベラは、養護院出身の平民だった。

一生を平民として、慎ましく生きていくのだと、当然そう思っていた。


――クラーテスに、出会うまでは。


その頃イザベラは、生まれ育った養護院の子どもたちを世話する為に、そのまま教会の下働きとして雇われ、救護院での看護や子供たちの世話に熱心に立ち働いていた。

そこに『一人一人の容体をよく見ている』と修道女に推薦されたイザベラは、クラーテスが治癒を施すために慰問に訪れた時の、案内役になった。

彼は紳士だった。

決して、相手を平民だからと侮ることなく、公平に接する穏やかな人。

イザベラが彼に惹かれるまで、時間は掛からなかった。

それは、クラーテスも同じだったみたいで。

『私と婚約してくれませんか？』

美しい朱色の瞳に見つめられて、そう言われた時は嬉しかった。
けれど。

イザベラは、彼の想いを拒否し続けた。

だって、公爵夫人など、自分に務まるわけがない。
まして親もいないし、財産を持っているわけでも、学があるわけでもない。
きっと、クラーテスに迷惑をかけてしまう。
自分は彼には相応しくないのだと、そんな気持ちが拭えなくて。
でも、彼は……公爵家を出ると、言った。
それでもイザベラと一緒にいたいと言われて、涙が溢れた。

――そこまで、わたしのことを。

だから受け入れた。

幸せだった。

幸せだったのに。

やがてクラーテスと結ばれて、共に暮らす家を得る契約をして、街を歩いていた日。
彼が『公爵家に話し合いに行く』と実家に帰っている間に、それは起こった。
浮かれていたイザベラは、近づいてくる馬車に、気づかなかったのだ。

そして、乗っていたサバリンに目をつけられ、無理やり犯された。

憎かった。
初めて人を、殺したいほど憎んだ。
そして怖かった。
汚れた自分が、クラーテスに愛想を尽かされるのが。
彼と一緒に借りた家の中を整える間、ずっと怯えていた。
このまま、何も言わずに過ごせるのかと。
そして決定的なことが起こった。
月よりの使者が、いつまで経っても来ない。

――どうして。


どうして、今なのか。

イザベラには分からなかった。

お腹に宿る命が、クラーテスの子なのか、あのおぞましいサバリンの子なのか。

このまま、クラーテスと暮らして産んだ子が、もし、サバリンの子だったら。

だから、家を出た。

クラーテスが公爵家に最後の離縁のサインに行くその日に、ありったけの自分のお金をかき集めて、逃げたように見せかけて。

その足で、サバリンの元へ行き、愛人として囲われた。


産まれた子どもは……朱色の瞳を、持っていた。


ホッとすると同時に、絶望した。

『亡くなった祖先に貴族の血が混じっているのだ』というこちらの言葉を、あの馬鹿なサバリンは疑わなかった。

ウェルミィは、クラーテスの子。

この子を、不幸にするわけにはいかない。

だからサバリンの嫁が死に、イザベラを後妻に迎えたいと言われた時に、決意した。

――醜いサバリンの血を、途絶えさせてやる。

イオーラがいなくなり、ウェルミィが継げば、伯爵家の血は途絶える。

彼女が成人して後継者になり、幸せになるのを見届けたら……サバリンと、イオーラを殺して、自分も死のう、と。

その決意だけで、生きてきた。

――イオーラには、少し可哀想なことをしたわね。

あの日聞いた、イオーラが前伯爵の子だという話。

事実なら、あの子はサバリンの子ではないのだから。

それを知っていれば、あれほどウェルミィが懐いていたあの子を、あそこまで虐げはしなかっただろう。

だからと言って、後悔はしない。

そもそもそんな資格は、自分にはない。

大事なのは、クラーテスの血を引く我が子、ウェルミィだけ。

それでいい。

あの子は、魔導卿に見初められたそうだ。

イオーラから奪い取ったアーバインを何故か気に入ってはいなかったようだったから、結果的には良かったのだと思う。

エルネスト伯爵家の妻として得た情報である、魔導卿の今まで成したことや、その高潔な振る舞いを、ウェルミィに伝えたのはイザベラだった。

あの子が何か企んでいることには気づいていたけれど、自分の復讐よりもっと痛快な幕引きを考えていただなんて思いもしなかった。

あの日のサバリンの、何もかも失って茫然自失とした顔。

笑って全てぶちまけたい衝動を、抑えるのが大変だった。

ウェルミィは聡明な子。

馬鹿な自分ではなく、クラーテスによく似ている。

復讐を決意してからの人生で、一つ後悔があるとしたら、クラーテスとは二度と会いたくなかった、ということだけだ。

イザベラを見て悲しそうにする彼に、辛い思いをさせてしまった。

ただ逃げただけではないことを、知られてしまった。


――でも。


イザベラを、どうしようもない女だったと思ってくれるなら、それでいい。

元々、そう思われる為に逃げたのだし、そんな女に優しいあの人が心を砕く必要はないのだから。

だから、自分の想いは全て胸に秘めたままで。

あの日に起こったことなど、誰にも話さなくていい。

これから、ウェルミィが幸せに……仲の良かったイオーラとクラーテスと共に、幸せに生きるのに……愚かな母親は、必要ないのだから。

自分が北の修道院へ送られる、と聞いて、イザベラはうなずいた。

サバリンと共に処刑でも良かったのに、何故か連座で絞首台に上がることはなかった。

イザベラが北行きの移送馬車に乗るために牢獄を出ると、そこに何故か、エルネスト伯爵家の執事であるゴルドレイが居た。

見送りは、彼一人だけのようだ。

イオーラを何かと手助けする彼は、計画の邪魔をされそうで正直目障りだったけれど、同時にサバリンを貶めるために、ウェルミィに協力もしていた。

結局、ゴルドレイがどういうつもりだったのかは、分からないけれど。

微笑みかけたイザベラは、口を開いた。

「見送り、ありがとう」

「もったいないお言葉です、奥様。……一つ、オルミラージュ侯爵様より伝言がございます」

「何かしら？」

手縄を引く看守が止まってくれたので、イザベラも歩みを止めて問いかけると。

ゴルドレイから返ってきた言葉に、目を見開いた。

「『クラーテスとウェルミィには、黙っておいてやる』、とのことです」


――――何故。

オルミラージュ侯爵は、いつ、どうやって気づいたのか。

考えるが、答えは出ない。

でも、その伝言はきっと優しさなのだろう。

衝撃が去ったイザベラは、涙が滲んでくるのをグッと堪えて、再び足を踏み出す。

「ありがとう、と、伝えてくれるかしら？」

「御意」

二人が後悔しないように、イザベラのことを、黙っていてくれるというオルミラージュ侯爵は、一体、どんな目を持っているのだろう。

そしてゴルドレイは、どう思っているのだろう。

分からないけれど。


――二人とも、どうかウェルミィを、よろしくお願いします。

そう心の中で願いながら、馬車に乗り込んだ。

※※※

「……終わったか？」

執務室を訪ねて来た、エルネスト家の老家令に、エイデスは問いかけた。

「はい。ご温情に感謝いたします」

筆を置いたエイデスは、頭を下げるゴルドレイに、笑みと共に問いかける。

「ウェルミィとクラーテスが真実に気付いた時に、問われたら内容を教えてやってもいいぞ」

「……そんな日が、来ないことを願っております。奥様が望まぬでしょう」

うなずいて応じたエイデスは、さらに言葉を重ねる。

「で、ゴルドレイ。一つ尋ねたいことがあるのだが」

「何なりと」

「お前の名字は？」

「……昔は、シュナイガー、と。今はありません」

答えたゴルドレイに、エイデスは『やはりな』と思った。

なぜ、資金繰りに困っていたエルネスト伯爵家に、シュナイガー伯爵家が繋がっているのか。

そのせいで、余計な疑いまで掛けられていたと言うのに。

さらに、ほんの十数年前まで目立たぬ子爵家だったシュナイガー家が、急に成長して伯爵に叙されたのか。

この家のことを調べてから、疑問に思っていたが。

「シュナイガーの家は、古くからエルネストとの繋がりが？」

「元々は、かの家を支える立場に。エルネスト家の乳母や家令は、代々シュナイガー家において最も優秀な者が選出されます。その際に姓を捨て、シュナイガーを継ぐ者は次に優秀な者と決まっておりました」

「アーバインの婚約者交代を認めたのは、主家を捨てたからか」

「……どちらかと言えば、唯一の正統な後継であるイオーラ様が、優秀すぎた故に、ですね」

エイデスは、ククッと喉を鳴らした。

「一女伯や、伯爵夫人に収まる器ではない、か。確かにな」

サバリン以外に唯一残った主家の正統である彼女が、女伯としてエルネスト伯爵家を盛り立てるよりも、王太子妃、ゆくゆくは王妃となって国を盛り立てる立場になること。

それが、臣下であるシュナイガー家の総意なのだろう。

「サバリン様が、有能であれば。あるいは、後継がイオーラお嬢様でなければ……ウェルミィお嬢様の企みに乗ることはございませんでした」

シュナイガーの家は、エルネスト伯爵家の名ではなく、その血筋に忠誠を誓っているのだろう。

故にこそ、潰した。

イオーラのさらなる飛躍を考えて。

有能な家令の輩出を止めて、シュナイガー家を成長させることにしたのだろう。

何かあった時、外からイオーラに手を差し伸べられるように。

それを、決めたのは。

シュナイガーの当主に、その事実を伝えて、決定させられるのは。

「お前こそ真の忠臣だな、ゴルドレイ」

「過分なお言葉を賜り、誠にありがとうございます」

柔和な微笑みの奥に隠された、目立たぬように振る舞う彼の、とてつもない有能さ。

「ゴルドレイ。エルネスト伯爵領の管理は、シュナイガーに任せるように提言しても？」

「私が口を挟む領分にはございません。どうぞ、御心のままに」

「では、お前の身の振り方はどうする。イオーラを支えるために、王家への口利きは必要か？」

イオーラの側にゴルドレイを送り込むのは、そう難しいことではない。

例えば、レオ付きにして政務の補佐をさせても、彼なら問題なくこなすことが出来るはずだ。

しかし、ゴルドレイは頭を横に振る。

「ありがたい申し出ですが……その前に、少々休暇をいただきたい、と思います。最も素質のある〝甥っ子《アーバイン》〟が、己の愚かしさを思い知ったようなので……」

――直接指導に当たりたい、ということか。

エイデスはそれに頷いた。

「辺境伯に手紙を書こう。どういう立場になるかは分からんが……そうだな、家庭教師《チューター》くらいの立ち位置はどうだ？　騎士団での訓練以外にも学ぶ意欲があれば、うちから金を出してもいい」

「望外の申し出にございます」

あくまでも慇懃《いんぎん》に、深く頭を下げるゴルドレイに、エイデスはニヤリと笑みを浮かべた。

「隠居しても良いだろうに、腹黒く酔狂な男だな、貴方は」

「ようやく、苦行を終えて、面白きことを行えそうですので」


——老後の楽しみにございます。

そう笑みと共に口にするゴルドレイに、エイデスは珍しく、声を立てて笑った。

5 ✦ 魔導卿と悪役令嬢、王太子とシンデレラ 《書き下ろし》

高潔、という言葉がこれほど似合う少女を、エイデスはそれまで知らなかった。

小柄で、可憐を体現したような容姿で、絢爛な夜会の光の中で一際、目を惹く少女。

陶器のような白い肌に、まだ幼さの残る顔立ち。

意志の強そうな、煌めく朱色の瞳。


――ウェルミィ・エルネスト。


初めて出会ったのは、デビュタントの夜会。

偶然の重なりがなければ関わり合うことはなかっただろう。

義母と義姉を呪いで蝕んだ魔導具と同じと思えるものが見つかったという報を聞き、その所持者である相手が参加するという夜会に、権限を使って入り込んだ。

馬車を降りた後、入口辺りを塞ぐような形で話していた男女を、声を掛けるのも億劫で少し回り込む。

そうして、ホールに入ったところで、ぶつかったのだ。

とっさに支えて声を掛けると、目が合った。

聡明な色を浮かべた瞳の色に、最初は驚いた。

リロウドの血筋に彼女のような者がいたのかと思い返すが、記憶にない。

歳も離れているし、クラーテスが居なくなってから産まれたのなら当然ではあったが。

しかしすぐに、歳に見合わぬ甘く媚びるような笑みを浮かべたので、体を離した。

女性のそうした態度にはうんざりしていた。

オルミラージュ侯爵家の血を絶やさぬ為に、いつか妻を娶らねばならないのは理解していたが、エイデスがそれに煩わしさを感じていたのも事実だった。

人生を共に過ごすのなら、自分と同じように熱意を持った令嬢がいい。

義母や義姉を襲った悲劇を二度と起こさぬよう、呪いの魔導具の解呪や撲滅に邁進するエイデスを受け入れ、人々を救う為に生きることを理解してくれる相手が。

最初に感じた聡明さは勘違いだったかと思うほどに、ウェルミィはエイデスの気に障る、肩書きと容姿しか見ていない令嬢そのものの態度だった。

だから、興味が失せた。

それきり忘れていた。

――あれが、演技だとはな。


わずか16歳の少女が、完璧に『世間が考える悪女』を演じていたなどと、誰が思うのか。

しかし、差出人の分からない手紙を受け取った時に、不意に思い出したのだ。

分厚い手紙の内容は、非常に理知的で整然としており、かつ機知に富んだ大胆な策略が記されていた。


表向きは、ただの婚約の打診。

エイデスを的確に褒め、何を求めているかを理解した上で、イオーラ・エルネストという少女がどれほどの才媛であり、家に迎え入れれば得となる存在かを、記してある。

書かれている内容が真実ならば、それは非常に魅力的な提案だった。


そして裏向きには、エルネスト伯爵家の告発。

家督を簒奪《さんだつ》し、正統な後継者を蔑ろに扱い、税を誤魔化して領民を虐げる、そんな現領主を何としても引き摺り下ろしたいと記してあり、その方法までもが示されていた。

この通りにいけば、全てが上手くいくだろうと判断出来る内容。


だが、この手紙の真の目的は、そうではない。

手紙の主が、イオーラであるように見せかけているが……これは別人が書いたものではないかと、エイデスは疑った。

その時にふと思い浮かんだのが、二年前に出会った少女のこと。

あの朱色の瞳を、何かを見極めるように探る色を、何故か思い出したのだ。

だから調べた。

エルネスト伯爵家の裏を取り、醜聞を探り、ウェルミィ・エルネストという少女が、姉の婚約者だという青年と画策した、卒業パーティーでの愚かな振る舞いを知った。

彼女の評判は、最悪だった。

良い噂はほとんどウェルミィの容姿に関するものばかりで、稀に彼女が書いたという論文やレポートについての評価が聞こえる程度だ。

だが手紙によれば、その論文は、彼女の姉であるイオーラが書いたもの。

しかしそのイオーラについても……いっそ不可解なほどに、良い評価が聞こえない。


――これはどういうことだ？

特にウェルミィは、レポート課題以外の成績……知識、実践、教養においても、かなりの好成績を修めている。

これではまるで、意図的に評判を下げているようだと考えて、エイデスは気づいた。


――まるでも何も、意図的に決まっているな。


自分の利益を考えて立ち回るのなら、ウェルミィはもっと上手く振る舞える筈だ。

その目的が他人の為である、と気づいた時点で、彼女の行動原理がどこにあるのかは、自明の話だった。

仮説は、レオによって裏付けを得られた。

ウェルミィは、姉を守り、救うために、あえて悪辣に振る舞っている。


――見つけた。


エイデスは、そう思った。

ずっと探していた、などと言うつもりはない。

だが、全てが明らかになった時点で、エイデスはほとんど会ったこともない彼女に、二つの想いを抱いていた。

尊敬と、憧憬。

ウェルミィに感じた第一印象は、勘違いではなかった。

あのウェルミィ・エルネストは、エイデスと同じ未来を見据える少女であり。
そして同時に、エイデス自身が成し得なかったことを成し遂げる存在だった。
助けることが叶わなかった義母と義姉のことを、思い出す。
エイデスを決して蔑ろには扱わず、幼い頃は愛情を注いでくれた彼女たちの態度の変化に、その理由に気付けなかった自分とは違って。

ウェルミィは、今、正に、自分が救いたいと望む義姉《イオーラ》を、懸命に救おうとしている。

この手紙の裏に隠された意図が、我が事のように感じられた。
『お義姉様を助けて』

『お義姉様は、凄い人なのよ』

『そんなお義姉様を、貴方に預けたいの』

――『だって私は、貴方も凄い人で、きっとお義姉様を助けてくれるって、信じてるから』

手紙の行間から、そんな言葉が聞こえて来るかのような。

――君の想いに応えよう、ウェルミィ・エルネスト。

この姉妹のように、理不尽な目に遭う者に手を差し伸べる為に、エイデスは力を求めたのだから。

そして救いの手を待つばかりではなく、自ら行動して勝ち取ろうとするウェルミィのような女性の手を摑むために、この力はあるのだ。

だからウェルミィの計画通りに、エイデスはイオーラを迎え入れた。

見窄らしく見えるように計らわれたのだろう彼女は、しかしその優美な所作と本質的な美しさを隠し切れてはいなかった。

ひっそりと横に立つ侍女一人と、トランク一つで現れたレオの想い人は、対面したエイデスに深く頭を下げた。

『お願いします……わたくしはどうなっても構いません。ですから、魔導卿。どうか、ウェルミィをお救い下さい』

それは後に、ウェルミィが口にするのと全く同じ願いだった。

イオーラ・エルネストに確認を取ると、彼女は手紙の内容通りに様々な面において優れた、しかし慎み深く貞淑な少女だった。

きっとレオの、良き伴侶となり、国母となるだろう。

『ウェルミィを救いたければ、協力しろ。彼女の望みを暴き出し……私の伴侶として迎え入れる』

エイデスがそう告げると、イオーラは涙を流した。


そうして、今。


ウェルミィは、エイデスの腕の中にいる。

あれほどの策略を張り巡らせ、大胆で悪辣な振る舞いをしていた彼女は、実際のところは男女関係に初心《うぶ》で、すぐに赤くなるような愛らしい女性だった。

『何でも言うことを聞くんだろう？』と意地悪く問い掛ければ、唇を噛んで一生懸命応えようとするその様は、うっかり耐え難くなるほどに、そそる。

疲れていたのだろう、夜会の後に少し話してスキンシップを取ったら寝入ってしまった。

その頬を撫でて、エイデスは微笑む。


二つの顔を持ち、望みを叶えたウェルミィ。

エイデスに成し得なかったことを成し遂げたウェルミィ。


――これから、思う存分甘やかしてやろう。


そうしていつか、芽生えたばかりのお互いの想いを、通じ合わせる関係を得られると良いと思う。

この世界は、善意のみで出来ていない。

己の欲の為に、誰かの為に、何かの目的の為に……自分を高めるのではなく、相手を貶め利用しようとする悪意もまた、同じくらい存在している。


何かを、誰かを『呪う』ことは、その悪意の最大の発露だ。

仮にそれが極悪人を成敗して、誰かを救うためであっても。

法に拠らず人を殺せば、それは世界を乱す波紋となり、悪意と復讐の連鎖を生む。

あるいは、その流れを断ち切る善良な者が、割を食うことになる。

悪意は永遠になくなることはない。

だが、呪いによって無理に悪意を引き出される人々を、もう目にしたくはない。


それはエイデスにとっての枷であり、心に打たれた楔であり、そして生きる目的でもあった。


ウェルミィならば、エイデスと同じ方向を目指して歩んでいけるだろうと、そう思える。

呪いによって不幸になる人々が少しでも減るように、尽力していける。


――自らの命すら、愛する人に捧げられる、ウェルミィとなら。


清らかでありながら、濁った悪意すら自覚的に利用する彼女であれば……自分がもし道を踏み外しそうになったとしても、引き戻してくれるだろう。

踏み外さぬように、お互いを支え合えればいい。

ウェルミィは、ただ守られるだけの存在でいることを良しとはしないだろうから。

エイデスも、尊敬に値する少女を抱き締めて、瞼を閉じた。

※※※

オルミラージュ別邸での、密やかなお茶会。

「四人で、街に出かけるか。ダブルデートだ」

そこで口にされたエイデスの提案に。

ウェルミィとお義姉様、レオはまるで珍妙な獣でも見かけたように彼に目を向けて、思考を停止してしまった。

「……何だ？　その反応は」

エイデスがそれを楽しむように口の端を上げながら、静かに紅茶に口をつける。

まさかそんな提案を彼からされるとは思わなかったウェルミィは、思わず問いかけた。

「熱でもあるの？」

「ダブルデート……そんな誘いがエイデスの口から出るなんて……！」

「デート……」

驚愕しているレオの言葉に、お義姉様が頬を赤く染めて、ウェルミィはムッとした。

「なるほど、お義姉様と私、エイデスとレオってことね!?」

「そんな訳がないだろう」

ウェルミィの独占欲を見て取ったのか、エイデスが呆れたように片眉を上げる。

「私とウェルミィ、レオとイオーラに決まっている」

「反対よ！」

ウェルミィは、反射的に拒否した。

お義姉様とレオが目の前でイチャつくのを見せられるなんて、言語道断。

眉根を寄せて睨むと、エイデスはクク、と喉を鳴らした。

「ほう？　しかしこれからレオとの婚約だの婚姻だのとなれば、イオーラと気安く外に出る機会は減ってしまうが、良いのか？　そもそも『何でも言うことを聞く』という宣言に反すると思うが」

「うぐっ！」

ウェルミィは、言葉に詰まった。

確かに、王太子妃となれば、こんな機会はなかなか許されなくなる。

お義姉様とのお出かけなんて今までは出来なかった。

レオ如きにお義姉様とイチャつかれる不快感と、自分がお義姉様と出かけられる機会を天秤にかけて真剣に悩むウェルミィに、お義姉様がまだ頬を赤くしたまま、小さく呟く。

「ウェルミィ……わたくし、皆で一緒にお出かけしたいわ……」

「行きましょう！」

ウェルミィは、その可愛らしいおねだりに即座に陥落した。

――お義姉様のワガママを聞けるなんて！


レオを含めたエイデスの提案は非常に業腹だけれど、そこには目を瞑ろう。

お義姉様が望むなら全力で叶えなければ。

それに、ウェルミィも最近は別邸に閉じ込められていたので、正直お出かけは嬉しい。

エイデスと出かけるのも、初めてのことだし。

「では、決まりだな。新作演劇の観劇チケットを用意した。二日後だ。その後の晩餐もレストランを予約している。遊興スペースのボードゲームなどの遊びも豊富な店だ」

「……手回しが良いわね。でも、お義姉様たちの予定は大丈夫なの？　レオは来れないなら来なくて良いわよ？」

「お前、本当に俺の事が嫌いだな……大丈夫だ、何が何でも空ける」

「あら、ご無理なさらず」

「うるせーな。ウェルミィこそはしゃぎ過ぎて当日に体調を崩したりしてな！」

「どこの子どもよ！　そんなことになるわけないでしょ!?」

そんな言い合いを、お義姉様はニコニコと、エイデスはニヤニヤと聞いていた。

※※※

そうして、お出かけ当日。

「ふぐっ……うぅう……っ！」

観劇を終えたウェルミィは、ハンカチで目元を拭い続けなければ化粧が崩れそうなほどに、号泣していた。

「ほらウェルミィ。もう泣きやまないと、目が腫れてしまうわよ。せっかくお洒落して来たのに台無しになってしまうわ」

「うぅ、だってぇ……！」

演劇の内容が、とても良かったのである。

姉の為に奮闘する妹と、その妹を思って胸を痛める姉。

すれ違っていた二人が心を通わせた後に、それぞれの伴侶と結ばれるというハッピーエンドの物語だった。

途中から、自分を重ね過ぎて涙が止まらなくなってしまったのだ。

ウェルミィは、今日はいつも通り髪型をシニヨンに纏めているが、少しいつもと趣味の違う、銀糸の刺繍が施された濃い紫のドレスを纏っている。

何故このドレスなのかと問われれば、エイデスとお義姉様の色だからだ。

二人は、髪や瞳の色合いなどが似通っている。

お義姉様は角度や光の強さによって黒く見えたり白く見えたりする銀のストレートヘアで、エイデスはウェーブがかった暗めの色合いの銀髪。

瞳の色は、お義姉様は星をちりばめたような宝石の輝きを持つ真紫で、エイデスが青みがかった落ち着いた紫。

今日はどちらかといえばお義姉様を意識して、紫が強く印象に残るドレス姿だ。

せっかくの、そして今後あまり訪れないかもしれない機会なので、お義姉様にもワガママを言って、朱に白金の刺繍を施したドレスを身につけて貰っている。

勿論、それはウェルミィの色である。

ただ、お義姉様とレオの顚末もそこそこ広がっているので、顔と髪を隠すために薄いヴェールで顔を覆う、ドレスと合わせたつば広帽を被っていた。

「お気に召したようで何よりだ」

エイデスは機嫌が良い。

レオも学校での姿と同じ、腕輪で変装した黒い髪に黒い瞳姿だ。

流石に王族の特徴である紫の髪は目立ち過ぎるから。

「いやでも、本当に良かったよ……」

彼もウェルミィ程ではなくとも目を潤ませていて、さっきから目頭を何度か押さえている。

そんなレオに、エイデスが少し呆れたように片眉を上げて問いかけた。

「お前は何故泣いている？」

「イオーラに婚約を受け入れて貰えるまで苦労したなぁ……ってのが思い出されて……あれ、オルミラージュ侯爵家が用意した台本だろ？」

「え？　そうなの!?」

レオの衝撃的な言葉に、涙が引っ込む。

「ああ。侯爵家で支援している劇団に依頼したものだ。お前たちに対して小うるさいことを言う連中を黙らせるには、大衆やあまり関わりのない者たちを味方につけるのが手っ取り早いからな」

薄く笑みを浮かべてあっさりと答えたエイデスに、ウェルミィは頬が熱くなる。

「じ、じゃあ、あの劇のモデルって……！」

「我々だな」

「嘘でしょ!?」

何ていう恥ずかしさ。

感動していた気持ちが一気に羞恥に傾いていく。

ウェルミィとお義姉様は、対外的には没落伯爵家の令嬢……それも、当主が犯罪で裁かれて取り潰し、という醜聞まみれの立場だ。

それが王太子妃やら、外国にまで影響力のある筆頭侯爵家の女主人やらとなれば、反発を招くことは必至。


――分かるけど。言いたいことは分かるけどっ！


だからって自分たちが劇の題材になるなんて、予想外にも程がある。

ウェルミィの背中をさすりながら、お義姉様も赤くなっていた。

結局、馬車に乗るまで周りの視線が気になり過ぎて顔を上げられなかったウェルミィは、エイデスと二人っきりになった瞬間に噛み付いた。

「せめて事前に言ってくれない!?　とんだ羞恥プレイじゃないの！」

何せウェルミィは、自分たちが題材になった劇で号泣しているのである。

多分周りは気づいている。

夜会であれだけ派手にやらかした上に、貴族というのは暇に飽かしてそういう話を広めるのが好きなものだからだ。

しかも、貴族学校で噂好きで取り巻きにしていた子たちも夜会にはいた。

アレが外野を黙らせるための策だと言うのなら、モデルになった事件も侯爵家の力を使って広めるのだろう。

そんなウェルミィの怒りに、エイデスは全く応えた様子もなく、ニヤニヤと足を組んでこちらを眺めている。

「恥じらう姿も可愛らしいな、ウェルミィ」

「そんな言葉で誤魔化されないわよ！　嫌がらせでしょう!?」

「心外だな。人気劇団の新作公演初日というプレミアムチケットだぞ」

「な・い・よ・う！」

「ああ、ヒロインの一人である妹の健気さが際立つ、良い舞台だったな」

「～～～っ！」

「そう怒るな。噂が広まってから見に行くよりはマシだろう」

「私が泣いてたって話まで広めたら、張り倒すわよ！」

「それもいいな。思いつかなかったが、検討しよう」

ダメだ、口では勝てない。

これ以上言い募っても余計に恥ずかしくなるし気分が悪くなるだけなので、ウェルミィは押し黙った。

※※※

なんとか羞恥を飲み込み、晩餐の席では、美味しい料理に舌鼓を打つ。

「これ何？　美味しいわね」

「白身魚のムニエルだな。最近開発された冷凍保存魔導具で、王都にも新鮮なまま届くようになった海魚だ。チーズクリームと相性が良い」

ウェルミィの疑問に、エイデスがワインに口をつけながら答える。

するとイオーラが感心したように頷いた。

「冷凍魔導具に、そんな使い方があるのですね……」

「最初は、魔導士部隊用の魔導具として開発されたものらしいけどね。そっちは冷凍するんじゃなくて、行軍で熱中症になった兵士を寝かす部屋を冷やすのに応用したところ好評で、病院に転用されたらしい」

そこから、まだ富裕層のみではあるが民間利用が始まったそうだ。

遠くの土地から新鮮なものを届ける為に使われる他、今では地上でワインを保管する際にも使われたり、夏でも一度沸騰させて殺菌した飲み物を冷やすのに使われたりしているらしい。

「ウェルミィとイオーラに出されてる果汁を飲んでみるといい。氷を入れると味が薄くなるのを防いで、冷たく濃いままに提供しているみたいだね」

その氷自体を保管するのにも、冷凍魔導具が役に立っているそうだ。

確かに飲んでみると、冷たくて濃い果汁で口の中がさっぱりする。

「世の中ってどんどん便利になるのねぇ……」

「凄いわね」

「イオーラ……君が開発している魔力負担軽減の魔導具も、負けず劣らずの発明だぞ？　成功すれば、魔導士だけでなく、平民にも、魔導具や魔術を普及出来る可能性がある」

「そうなの!?　さすがお義姉様ね！」

「わたくし一人の力ではないわ。多くの人の協力がなければ、理論だけで終わっていたはずよ」

お義姉様は、照れたように顔を伏せる。

相変わらず謙虚だけれど、そもそも理論を思いつく時点で凄いことをウェルミィとしてはお義姉様に自覚して欲しい。

魔力を大量に消費する多くの魔術や一部の魔導具は、魔導士や貴族の専売特許で、それ故に貴族の特権を維持している側面がある。

例えば呪いの魔導具の中には、魔力を吸い上げることで健康を害するものや魔術の使用を阻害するものなどがあり、魔力の少ない平民に使えば、死に至らしめることすらあるのだ。

と、貴族学校の授業で習った。

「イオーラは優れている。それは疑いがない」

エイデスも、ウェルミィの発言に同意を示してくれた。

「冷凍魔導具も、今は多くの平民が少しずつ魔力を提供することで発動しているはずだ。その使用負担を軽減する、というのは、一人の人間が継続的に効果を維持し続けることにも繫がる、画期的なことだ」

「ありがとうございます……その、目標としては、わたくしはいずれ、その『人の魔力』を介さない魔導具を作りたいと思っています」

「どういう意味だ？」

レオが問いかけると、お義姉様は顔を上げて、微笑んで解説する。

「人の魔力は、天地に満ちている魔素《マナ》を皮膚から取り込むことによって体内の『器』に溜め込む、とされているの。その理論に従って、わたくしは、薬草や魔導具の補助で、その魔素をより多く体内に取り入れたり、あるいは術式を見直すことで、生来の魔力の器が小さい人でも、負担なく魔術を行使出来るように研究をしていたわ」

その理論をさらに進めれば、天地の魔素を直接魔導具に刻まれた術式に流し込み、発動することが可能なのではないかと、お義姉様は考えているらしい。

ウェルミィにはサッパリ分からない。

分からないけど、なんとなく凄いことは分かる。

実現したら、魔力がない人でも魔術が使えるようになるということだから。

「そうなったら、歴史にお義姉様の名前が刻まれるわね……」

「今でも、普通に刻まれるけどな。魔力負担軽減で魔導士界隈に革命をもたらした上に、一国の王太子妃になるんだから」

うっとりと呟くウェルミィに、レオが混ぜっ返す。

「うるさいわね、レオ。お義姉様は有象無象の中から頭二つ三つ四つ抜けてもまだ余りある程、未だに価値が認められていないわ！」

「その言葉自体には賛同するが、お前本当に、その内、不敬罪で罰してやるからな」

「ふん、出来るもんならやってみなさいよ！　エイデスが黙ってないわよ！」

「そこは自分の力でどうにかするって言えよ……」

苦笑するレオに、ウェルミィは、ふん、と鼻を鳴らす。

横で、褒められ慣れてないお義姉様が顔を赤くして縮こまっているのを、溢れる愛しさと共に眺めながら、さらにレオに言い返した。

「使えるものは何でも利用するのが、私の主義よ。特にお義姉様の為にはね」

「ああ、そうだったな……」

そんなやり取りを眺めていたエイデスが、ウェルミィ同様お義姉様に目を向けて、少し表情を引き締める。

「だが、これからは今まで以上に注意しなければならない。論文が正式に発表された後は、出来ればしばらく表舞台に立たない方が良いだろうな」

「何で？」

ウェルミィの疑問に、エイデスが答えると、緊張感が走った。

「イオーラの研究は、貴族特権を脅かすものだからだ」

過去、貴族は魔力が多く、平民よりも魔術に優れていることで権力を得た。

法によって貴族が保護され、その中で男性の権力が強いのも、男児の方が体が弱く育ちにくいので、女性よりも数が少ないからだ。

希少さと言うのはそれだけで価値があり、魔力が強く魔術に優れた男性、という存在は、何よりも希少なのである。

近年は、『女性の方が総体として魔力が多い為に、健康に育ちやすい』という研究結果が出ており、それ故に、貴族女性や魔力の強い平民の学校入学がある程度、義務付けられた側面がある。

魔力の暴走や暴発を防ぎ、また正しく魔術の行使を学ぶことによって、より優れた人材を多く確保することにも繋がる。

だが、誰もが魔術を行使出来るようになれば……その貴族の屋台骨が揺らぎ、既得権益を脅かすことで反発が起こる可能性があると、エイデスは言った。

「国の思惑に左右されない研究機構や、我々が手を尽くしてイオーラを守るつもりではいるが、必死になった相手がどういう行動を取るかは未知数だからな。暗殺されてしまえば目も当てられん」

「……お義姉様は、まだ安全じゃないのね」

ウェルミィは、静かに言葉を漏らした。

せっかくエルネスト伯爵家での扱いから助け出したと言うのに、今度はお義姉様の価値を高めた研究が、お義姉様を脅かすなんて。


——どうしようかしら。


ウェルミィは考えて、すぐに思い至る。

「じゃ、次に私が考えるのは、それね」

「どれ？」

お義姉様が可愛らしく首を傾げるのに、ウェルミィは唇の端を上げた。

「派閥を作るわ。お義姉様を支持する派閥をね。私はお義姉様みたいに賢くはないけど、そういうのは割と得意だもの」

貴族学校でも、そうして取り巻きを作っていた。

貴族社交界では悪評まみれのウェルミィだけれど、今はエイデスの後ろ盾がある。

存分に権力を利用して、お義姉様に従うことに得があると思わせ、王太子妃として足元を固めてもらうのが、ウェルミィの役目だ。

オルミラージュ侯爵家は、表向き血統として距離を取っていて中立ではあるけれど、その権勢は王家をしのぐほどで、外国にも影響力がある。

ウェルミィが侯爵夫人として派閥を作り、お義姉様と仲良くしているのを見せるだけで、周りは勝手に勘違いするだろう。

王太子妃と懇意にしている侯爵家まで敵に回すのは不味い、と思わせればいい。

「良いでしょう？　エイデス」

「好きにしろ。お前のその能力がオルミラージュ侯爵家の女主人足り得ることは、十分に理解しているからな」

エイデスの許可を貰って、ウェルミィは満足するが、お義姉様はどこかついていけてない様子でおろおろした。

「ウェ、ウェルミィ？　なんだか話が大きくなっていないかしら？　わたくしにそんな大層な価値はないわ。大袈裟よ」

「「そんなわけないでしょ《だろ》」」

自分の価値を過小評価し過ぎるあまり、周りへの影響を低く見積もりがちなお義姉様に対して、ウェルミィとレオは声をハモらせた。

「お義姉様は、そのままで良いけれど、もう少し危機感だけは持って欲しいわ」

「同感だ」

「……ええ。分かったわ」

まだどこか納得していなさそうだけれど、ウェルミィは強引に話を断ち切る。

「ご飯も食べ終わったことだし、話はおしまいよ！　遊びましょう！」

このレストランには、遊興設備が揃っていると聞いている。

ウェルミィは、それも楽しみにしていたのだ。

それから、カードゲームやチェス、ビリヤードにダーツなどで、思う存分お義姉様やエイデス（ついでにレオ）と遊んだウェルミィは。

非常に満足して、0時を過ぎた頃に、エイデスと共にオルミラージュ別邸に帰宅した。

――侍女より、もう一人の主人に捧ぐ。

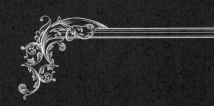

遥かな日に、北へ

遥かな、ある日。

エイデス様を訪ねてきたイオーラを待つ間、エルネスト伯爵家で幼少の頃から彼女に仕え続けてきた侍女のオレイアは、ウェルミィの元を訪れていた。

侯爵家の女主人となった彼女のお腹には、今、新しい命が宿っている。

その彼女は、椅子に座り、窓の外を眺めながら問いかけてきた。

「ねぇ、オレイア」

「はい、ウェルミィお嬢様」

自分のお腹を撫でながら、彼女はぽつりと続けた。

「私、この子がお腹に宿ってから、よく考えるの。お母様は、なぜあんなにもお義姉さまを憎んでいたのかしら、って……」

「……」

オレイアは、それに答えなかった。

答えを持っていなかったわけでは、ないけれど。

「私が可愛くて、伯爵家の跡継ぎにしたかったから？　でも、それだけが理由じゃ、ない気がするのよね……」

ウェルミィは、独り言のように訥々《とつとつ》と呟く。

「お母様は、幸せだったのかしら」

その朱色の瞳には、自分の母親であるイザベラのことを思って、悲しみに似た色が宿っていた。

「私、お母様が怖かったの。あの、お義姉様に向けている敵意に満ちた目が。……でもあの憎しみは、本当に、お義姉様に向けられたものだったの……？」

結局、ウェルミィに対して、オレイアは何も言わなかったけれど。

「クラーテス《お父様》が、お出かけの準備をなさっておられるらしいの。北へ、向かうって」

「……」

「お母様に、会いに行かれるのかしら……」

そんな風に言われて、心の隅に引っかかっていた気持ちを含めて。

後日、イオーラに頼まれた魔導具をクラーテス様の元へ運んだ時に、疑問を投げかけた。

「……クラーテス様」

「はい、どうされました？　オレイア嬢」

穏やかなウェルミィの実父は、彼女によく似た、しかしより柔らかい面差しで、こちらに対して微笑みを浮かべる。

「旅の準備をなさっていると、ウェルミィお嬢様から伺いました。失礼ですが、どちらへ？」

「……北の修道院へ。私は、一度イザベラと話し合わなければならない気がしているんだ。……ウェルミィの、懐妊もあるしね」

伝えるかどうかは、迷っているけれど。

そう、クラーテス様は言った。

「申し訳ありません。……少しだけ、私に昔話をするお時間を頂戴出来ますか？」

「うん」

「私は、イザベラ様が嫌いです」

はっきりと告げたオレイアに、クラーテス様は軽く目を見張ったけれど、何も言わなかった。

嫌いな理由は、はっきり告げておかなければならないので、言葉を重ねる。

「イザベラ様は、イオーラお嬢様に、大変辛く当たられる方だったので」

「……そうだろうね」

「ですが、あの方はウェルミィお嬢様や使用人には、とてもお優しい方でした。自分も元は平民で、あなた方と何も変わらないから、と」

もう遠い記憶だけれど、オレイアは覚えている。

ねぎらいを忘れず、きちんと顔を見て疲れていそうなら暇を出し、問題がありそうなら間に入って、親身に相談を聞いていたりした。

ただ、イオーラお嬢様のことになると人が変わったようになるため、使用人も数ヶ月も経てば皆が辛く当たるようになる。


――あれほどお優しいのに、なぜイオーラお嬢様だけは。


そうした疑問が、ずっとオレイアの胸に燻っていた。

「なぜイオーラお嬢様にだけお辛く当たられたのか、私の知り及ぶところではありません。昔、ウェルミィお嬢様が川に落ちて高熱を出された時、あの方は看病をなさいませんでした」

オレイアはあの時、内心で憤慨していた。

頬を張ったイオーラお嬢様に看病をさせておいて、そのことで怒った自分は看病をしないなんて。

そんな風に思っていたけれど。

「ですが、温くなった水を替えようと廊下に出ると、奥様が廊下の椅子に座っておられたのです」

ビックリして固まったオレイアを見て、あの方は微笑み、唇に指を当てた。

『ウェルミィは、先ほどの件でわたくしに怯えています。そんな人間が近くにいたら気も休まらないでしょう？』

そしてオレイアからバケツを取り上げて『後で部屋の前に置いておくから仮眠を取りなさい』と言った。

『あの……でしたら先に、イオーラお嬢様を休ませて差し上げても……？』

おずおずと尋ねると、奥様は顔をしかめて素気なく告げられた。

『貴女に与えた休息の時間よ。貴女の好きになさい』

そう言って、去っていった。

「奥様の真意は、私には分かりません。イオーラお嬢様やウェルミィお嬢様を、何か悲しませることになっては申し訳ないので、伝えませんでした。ですが一度、奥様が部屋の中で、ぽつりとこぼされていた言葉をお聞きしたことが、ございます」

『もっと嫌な子なら良かったのに……』と。

イザベラが、窓辺から離れを眺めながら呟いていたのが、かすかに聞こえたのだ。

「クラーテス様なら、何かお分かりになるかと思い、お伝えいたしました」

「ありがとう、オレイア嬢」

クラーテス様は、黙って聞いた後に、そう言ってどこか嬉しそうな笑みを浮かべた。

「イザベラは、変わっていなかったんだね。……贅沢を覚えて、違う人間のようになってしまったのか、私は騙されていたのか、と思っていたんだ。そんな筈はない、と自分を信じ切れていなかった私は、彼女に会いに行くのにこんなに時間が掛かってしまった」

不甲斐ないね、と、彼は自分の頬を掻いた。

「私は自分のことを見る目のない愚か者だと、そのせいでウェルミィに辛い思いをさせてしまったと思おうとしていた。……でもやっぱり、別の意味で目が曇っていたみたいだ」

「……」

「私と別れた後に君が見たというイザベラの話を、よく覚えておくよ。私の知っているイザベラも、優しい人だった。二股をかけて詐欺を働くような人じゃないと、事実を目にしても信じ切れていなかったけど。君の言葉で確信が持てたよ」

オレイアは、黙って頭を下げた。

この話をした結果がどうなるのか、分からないけれど。

イザベラを憎みきれない気持ちが、自分の中にも、多分あったから。

イオーラお嬢様が用事を終えたので、オレイアは静々と彼女に付き従う。

その間に、王太子妃殿下として立派になられたその背を、見つめながら考えた。


オレイアは、彼女たちが『婆や』と呼んでいた女性の紹介で、彼女と入れ替わるようにしてエルネスト伯爵家の侍女となった。

ホリーロの名を持つ公爵家に連なる家系の傍系であり、実家は男爵位を持っていたが、領地はなく爵位の返上を視野に入れていた。

そんなオレイアを見込んだのが、婆やだった。

『ある人に紹介された』と現れた彼女の誘いにうなずいたので、オレイアは伯爵家に仕えることになり、実家は何らかの援助をされて存続することになったようだ。

今、王太子妃の側付きとなった自分にも、子爵夫人位が与えられている。

婚姻に依らない、一代限りの名誉爵位だけれど、侍女を輩出したとして兄弟姉妹にも少々良い縁談が舞い込んでいるようだ。

しかし、オレイアには関係なかった。

イオーラお嬢様とウェルミィお嬢様。

このお二人だけが、生涯、オレイアの主人であり、またお支えしていく方々だ。

その他の人間のことを考えている暇などない。

でも。

――もし、叶うのなら。

オレイアは、ウェルミィお嬢様にだけは、元・奥様であるイザベラ様と和解して欲しいとは思っている。

イオーラお嬢様をお救いする為に、諸共に破滅させた経緯はあるけれど、今、ウェルミィお嬢様の抱いている憂いが晴れるのなら。

二人が健やかに過ごされること。

それだけが、オレイアの願いなのだから。

※※※

『シスター・イザベラ。面会です』

そう告げられて向かった先にいた男の姿に、イザベラは身を縮めて息を呑んだ。

――クラーテス……っ！

顔から、サァッと血の気が引く。

何で、今頃になって、こんなところに。

思わず背を向けるけれど、グランマはイザベラの退出を許さなかった。

「……どうか、お許しを……」

「なりません、シスター・イザベラ。あなたの還俗に関するお話を、クラーテス様はお望みになられました。受けるも断るも、貴女の心次第。ご自身で考え、ご返答なさい」

イザベラはこの修道院に来て、敬虔に真摯に、粛々と祈りと暮らしを営んできた。


――どうぞ、ウェルミィとクラーテス、そしてイオーラが心安らかに過ごせますように。


常にそう、神に祈りを捧げて来た。

その姿勢を認めて、グランマは『還俗を望むなら口利きを』と仰って下さったけれど、イザベラは断り続けてきた。

修道院の暮らしは、確かに厳しい。

労働刑や追放刑に処されるほどではないけれど、なんらかの罪を負った女性をあえて引き受ける、戒律の厳しい教会なのだから、当然のこと。

この地で過ごす修道女《シスター》たちは、皆その苦しさを嘆いていたけれど。

イザベラにとっては心安らかに、ただ日々のことをこなすだけの生活は、罰であると同時に癒しだった。

――出来ることならば、生涯をこのまま閉じたい。


イザベラは元々、養護院の出身であり、貧しさに慣れていた。

散財など、サバリンを苦しめたくてやっていただけ。

長年抱いた憎しみが消えた後の、心に空いた大きな穴を見つめながら穏やかに過ごせることに、感謝しかなかった。


だって、イザベラの復讐はもう終わったのだから。


いつ死んだとて構いはしない。

残りの生涯を、祈りに捧げてしまいたいと、そう思っているのに。

「……グランマ、どうか……」

懇願するように頭を下げるが、目の前の厳しくも暖かい女性が口を開くよりも、早く。

「イザベラ」

背後から掛けられた優しい声音に、身がすくむ。

「どうか、私と話を。……それ以外に、何も強制はしないから」

イザベラは、ぎゅっと目を閉じた。

両手を胸元で握りしめると、荒れてあかぎれだらけの手が痛み、痩せて骨張った感触がする。

頭巾を結んだ痛んだ髪も、後ろで纏めただけで。

皺が増えて、化粧もしていないのに。


――貴方に、合わせる顔なんて。


「シスター・イザベラ」

窘めるように、グランマに呼ばれて。

イザベラに逆らう権利は、残されていなかった。

諦め、ゆっくりと顔を伏せたまま、立て付けの悪い面会用の椅子に腰掛けて、すぐに顔を両手で覆う。

誰よりも、貴方にだけは、見られたくないのに。

こんな見窄らしくなり、年老いた、罪を償う自分の姿なんて。

「お帰り下さい、リロウド伯爵様……なぜ来られたのです。わたくしを嗤いに来たのですか」

——お願い、どうか、見ないで。


心は、千々に乱れていた。

それでも精一杯、イザベラは愚かな女を演じた。

だってそうでもしなければ、彼と話すことなど出来ないのだもの。

顔向け出来ないほど、酷いことをしたから。

「イザベラ。私は、そんなことの為にわざわざ足を運ぶほど、暇ではないよ」

「嘘です。貴方を裏切って落ちぶれたわたくしを、嗤いに来たのでしょう?」

知っているわ。そんな人ではないって。

でも、自分のことしか考えていない愚かな女は、そんな風に考えるものなのよ。

自分しか見えていない女だと、どうか思って、クラーテス。


——そして、そのまま帰って。優しい声をかけないで。


泣いてしまうから。

「嗤うことなど、何もないよ。……ねえ、イザベラ。ウェルミィに会ってから、ずっと疑問だったんだ。君は本当に、私を裏切ったのかい?」

イザベラは、ヒュ、と鋭く、息を呑んだ。

なぜ聞くの。

なぜ、それを聞いてしまうの。

話したくないのに。

思い出したく、ないのに。

「……」

「君を失ったあの日から、ウェルミィの存在を知るまで、私は抜け殻だった。ウェルミィを知った後は……イザベラ。君の育てた彼女が、とても聡明だったから。何か、私は間違ってしまったのだろうかと」


――いいえ。いいえ。貴方に間違いなど。


「不貞を働き、贅沢に溺れる女……そんな人に育てられたようには、見えなかったから」

やめて。

お願いだから、やめて。

イザベラはクラーテスが諦める言葉を、必死に考えた。

出来るだけ、悪辣に聞こえるような言葉を。

クラーテスが落胆してくれるような、言葉を。

「……ウェルミィは、親を、裏切る子です……そんな子に育てたのは、わたくしではありません。侍女と、ゴルドレイ、それにコールウェラ夫人です……」

――あの人たちが、あの子をまっすぐに育ててくれたのです、クラーテス。


声が震えそうになる。

「そうかい？　でも8歳まで、君がウェルミィを一人で育てたのだろう？　それに、ウェルミィは言っていた。君は自分には優しかったと。オレイアも、君は使用人には優しかったと」

「……」

「イザベラ。イオーラに対する態度以外で聞く君の姿は、私の知る、心優しいイザベラだった。……私の愛した、イザベラだったよ」

「……やめて。わたくしは、貴方に会いたくありませんでした。もう、お帰り下さい……」

聞きたくない。

そんな言葉は聞きたくない。

クラーテスが愛したイザベラは、サバリンに犯されたあの日に死んでしまったのだ。

——もう、全て遅いのよ。手遅れなの。


あの日、浮かれていなければ。

馬車が近づいてくるのに、気づいていたら。


——あなたは、傷つかなくて済んだのに。全て、わたくしのせいなのに。


だからイザベラは、精一杯虚勢を張る。

そうしなければ、泣いてしまうから。

気づいて欲しくなかったのに、気づいて会いにきてくれたクラーテスの気持ちを、嬉しいと感じてしまったから。

「もう、お帰り下さい……どうか……伯爵様……」


——どうかお願いだから、もう、醜くなってしまったわたくしを、見ないで。

穢れ、年老いてしまったこんな姿を。

クラーテスの手が、狭い机を挟んでイザベラの肩に触れる。

びくりと体を震わせると、クラーテスが腕に手をかけたので、抵抗した。

「もう、顔を見せてはくれないのかい？」

「そのような屈辱を、わたくしに与えることがお望みなのですか……？　酷い振る舞いと、お思いになりませんの？」


——見ないで。想い出の中で、せめて姿だけは、美しいわたしでいさせて。


「イザベラ。……癖は変わっていないね。そして昔と変わらず、君は嘘が下手だ」

クラーテスは、小さく笑ったようだった。

「私に対して、何か申し訳ないと思っている時。君はいつもそうして顔を伏せて、肩を震わせていたね。『自分が悪いのだから』と、泣かないように。……部屋を借りた後、二人で部屋を整えていた時も、君はずっと不安そうな顔をしていた」

公爵家との縁を切り、帰ったら何かあったのか聞こうと思っていた、と。

「イザベラ。私は今、とても後悔しているよ。もっと早く聞いていれば良かったと。そして、今はこう思っている。……私も大人になったからね。君が話したくないなら、話さなくていいから」

クラーテスは、ガタッと椅子の音を立てて立ち上がり、そっとイザベラの背中を撫でる。

「イザベラ。随分遠回りしてしまったけれど、今度こそ、私と一緒に暮らしてくれないか？」


頭が、真っ白になった。

今、クラーテスは何を言ったの？

でも、受け入れてはいけないその言葉に、イザベラは大きく頭を横に振る。

「無理、です……申し訳……ありま……」

「イザベラ。君に何があったとしても、私に申し訳ないと、思う必要などないんだよ。君は罪を償った。その罪は、ライオネル王太子妃殿下を、虐げたことだけだと、私は思っている」

イオーラは『恨んでいない』と言っていた、と。

そんな筈はない。

だってイザベラは、あの子から全てを奪ったのだ。

取り返したのは、ウェルミィ。

それを赦すなんて。


――わたしは、サバリンを赦せなかったのに。

全てを奪った相手に、なぜ。

「君はもう、十分に罪を償った。……だからどうか、イザベラ。私のために、私と一緒にいてくれないか。老後に一人は、寂しいから」

「……伯爵様、どうか……」

言わないで。

そんなこと言わないで。

優しくしないで。

縋《すが》りたくなってしまうから。

ダメなのに、我慢出来なくなって、しまう、から。

「クラーテス、と、もう呼んではくれないのかい？　……ねぇイザベラ。ウェルミィにね、もうすぐ子どもが産まれるんだ」

「……っ！」

「初孫だよ。楽しみでたまらない。でも、妻も子もあまり一緒には居てくれなかったから、私はどう接したら良いのか、分からないんだ」

イザベラが、顔を覆った手のひらの奥で大きく目を見開くと、クラーテスは身を乗り出して、耳元でささやいた。

「私に、子どもと接する時の心得を教えてくれないかな？　どう慈しめば良いのか、何をしてはいけないのか。君ならきっと、よく分かっていると思うんだよ」

ついにクラーテスに、イザベラは両手を握り下ろされて、すっぽりと包み込まれてしまう。

溢れていた涙を、痩せた顔を見られてしまう。

滲んだ視界に映る、クラーテスは。

昔と同じように、優しい眼差しで微笑んでいた。

髪は半分白くなり、皺が増えていても。

イザベラが好きだった、今でも想い続けている、クラーテスのまま。

「綺麗だね、イザベラ。昔と変わらない」

「化粧もしていない……醜い老婆だわ……わたく、し、は……」

「養護院で一生懸命働いていた頃の君は、そんなものがなくても輝いていた。歳を取ったのは、僕も同じだ」

「わた……わたしは、貴方を、裏切ったのよ……クラーテス……！」

それ以上は、もう声の震えを抑えることが出来なかった。


「ごめんなさい……ごめんなさい……！」


ずっと謝りたかった。

優しい貴方を傷つけたことを、ずっと。

「もう良いんだよ。……やっと、名前を呼んでくれたね。僕の、可愛いイザベラ」

机を回り込んで、そっとイザベラを腕の中に包み込んだクラーテスが、耳元でささやく。

昔のように。

「何も話さなくていい。……だから帰ろう？　僕はまだ、君と二人で住むはずだったあの部屋に、住んでいるから」

イザベラは、それ以上何も言葉にすることが出来なくて。

ただ、黙ってうなずいた。

あとがき

皆さまご機嫌よう、名無しの淑女でございます。

表紙の折り返し振りの再会、心より感謝いたしますわ。


とか言ってまぁ、作者、男なんですけどもね、ええ。


申し訳ありません、ちょっとペンネームに口調で乗っかってみました。

お初にお目にかかりますので、このペンネームの由来について、チラッと触れておきます。

『異世界恋愛もの書くなら、ペンネーム変えてみようかな～』から始まりまして。

身元不明の女性●体という意味の『ジェーン＝ドゥ』と、ご都合主義の代名詞と呼ばれる『メアリー＝スー』にあやかりました。

……由来、物騒では？　誰だこんなペンネーム付けたのは。（オメーだよ）

というわけで改めまして、メアリー＝ドゥです。

悪役令嬢もの、良いですよね。

濡れ衣を着せられたり、本当に悪女だったり、様々な作品がこの世にはありますが、そうした作品に刺激を受けまして、ウェルミィちゃんの物語は生まれました。

悪役令嬢と呼ばれる少女の多くは、義姉であるイオーラさんのような性格をしています。

優しく、能力があるのに不運で、新たな環境に身を置くことで『本当の自分』を手に入れていく……言うなれば、シンデレラのような少女。

そんな少女が主役の物語は、それはそれで素晴らしいものなのですが、ふと、思ったのです。

悪役令嬢というのなら、『自ら『悪役』に身をやつす令嬢』の物語は、どのようなものになるのだろう？　と。

ウェルミィちゃんは、悪役です。

取り巻きを侍らせていて、美しいけれど周りの評判は悪く、義姉の婚約者を奪った挙句に家から追い出す……まさに絵に描いたような悪役と言えるでしょう。

ウェルミィちゃんは、自ら悪であることを選んだ少女です。

なぜ彼女は、そんな道を選んだのか。

本編をお読み頂いた方であれば、その理由をご存知でしょう。

これからお読みになられる方は、どうぞ彼女の道行きを見守ってあげて下さい。


とまぁ、作品の紹介も終わったところで。


話は変わりますが、久賀フーナ先生のイラスト、めちゃくちゃ良くないっすか。

めちゃくちゃ良くないっすか。（大事なことなので2回言いました）

表紙から口絵から挿絵まで……わたくし、思わずただのオタクに戻り、あまりの尊さにうっかり昇天しそうになりましたわ！

まさか、自分の作品にこんなにも素晴らしい彩りを添えていただけるなんて、と、毎日朝起きたら五体投地で感謝を捧げております！

皆さまも、どうぞ美麗なイラストと共にこの物語をお楽しみ下さいませ！


また、本作に関しては『マンガＵＰ！』様の方でコミカライズ企画も進んでおります！

漫画を描いていただくのは、星樹スズカ先生です！

星樹先生も、久賀先生に負けず劣らず素敵な作品をお描きになられる方で、『こ、この方に漫画を描いていただけるのですか!?』と衝撃を受けました。

そんなコミカライズも、どうぞお楽しみに！


そして私自身は普段、『小説家になろう』様にて作品を投稿しております。

他にも数作、書籍化作品や書籍化予定の作品がありますので、この作品が面白いと思って下さった方は、作者名『メアリー＝ドゥ』で検索して遊びにきて下さい！

お待ちしております〜！


最後に、こちらの作品に関わって下さった全ての方々と、読者様。

そして最近、某アイドル事務所の雪男というグループの沼に引き込んでやろうと画策……もとい、オススメしている編集のＳさんに、最大限の感謝を込めて。

ありがとうございます！　また皆様とお会いできることを楽しみにしております！

ではでは！

『悪役令嬢の矜持』
1巻発売 おめでとうございます!

『悪役令嬢の矜持』発売おめでとうございます！
初めて読んだ時からいじらしすぎる
登場人物たちに夢中だったので、
イラストの制作がとても楽しかったです。
ウェルミィやエイデスたちの
生き生きとしたやりとりを、
少しでも表現できていたら幸いです…！

あとがきは誰を描こうか悩みましたが、
カラーイラストだけの出演になってしまった
クラーテスさんとカーラ、そして
アーバイン君にしてみました。
父親っぷりが最高なクラーテスさん、
全部かっこよすぎるカーラ、
そして色々な思惑が蠢くこの断罪劇において
(ある意味)真っ直ぐなアーバイン…(笑)
今回は機会が無かったのですが、
いつか挿絵でも描きたい位好きな3人でした！

イラストがこの物語世界を広げる一助に
なっていれば嬉しいです。
素敵すぎる物語を作られたメアリー＝ドゥ先生、
色々と手助けしてくださった編集さま、
そして読者の皆様に心からのお礼を申し上げます。

久賀フーナ
Kugahuna

新刊発売
おめでとうございます
Stellao Suzuka

大人のエンタメ、ど真ん中！
SQEXノベル 毎月7日発売
SQEXノベル
片田舎のおっさん、剣聖になる
～ただの田舎の剣術師範だったのに、
大成した弟子たちが俺を放ってくれない件～
著者：佐賀崎しげる
イラスト：鍋島テツヒロ
悪役令嬢の矜持
著者：メアリー＝ドゥ
イラスト：久賀フーナ
私、能力は平均値でって
言ったよね！
著者：FUNA イラスト：亜方逸樹
悪役令嬢は溺愛ルートに
入りました!?
著者：十夜 イラスト：宵マチ
逃がした魚は大きかったが
釣りあげた魚が大きすぎた件
著者：ももよ万葉
イラスト：三登いつき
●誤解された『身代わりの魔女』は、国王から最初の恋と最後の恋を捧げられる
●ベル・プペーのスパダリ婚約 ～「好みじゃない」と言われた人形姫、我慢をやめたら皇子がデレデレになった。実に愛い！～
●滅亡国家のやり直し 今日から始める軍師生活 ●転生者の私は〝推し活〟するため聖女になりました！ 他

GC UP!
毎月7日発売
悪役令嬢は溺愛ルートに入りました!?
原作：十夜・宵マチ　作画：さくまれん
構成：汐乃シオリ
失格紋の最強賢者
～世界最強の賢者が更に強くなるために転生しました～
原作：進行諸島（GAノベル/SBクリエイティブ刊）　漫画：肝匠&馮昊（Friendly Land）
キャラクター原案：風花風花
神達に拾われた男
原作：Roy　漫画：蘭々
キャラクター原案：りりんら
転生賢者の異世界ライフ
～第二の職業を得て、世界最強になりました～
原作：進行諸島（GAノベル/SBクリエイティブ刊）　漫画：彭傑（Friendly Land）
キャラクター原案：風花風花
お隣の天使様にいつの間にか駄目人間にされていた件
原作：佐伯さん（GA文庫/SBクリエイティブ刊）　原作イラスト：はねこと
作画：芝田わん　構成：優木すず
ここは俺に任せて先に行けと言ってから10年がたったら伝説になっていた。
原作：えぞぎんぎつね（GAノベル/SBクリエイティブ刊）　漫画：阿倍野ちゃこ
ネーム構成：天王寺きつね　キャラクター原案：DeeCHA
勇者パーティーを追放されたビーストテイマー、最強種の猫耳少女と出会う
原作：深山鈴　漫画：茂村モト
マンガUP!
毎日更新
●お隣の天使様にいつの間にか駄目人間にされていた件 after the rain　●おっさん冒険者ケインの善行
●二度転生した少年はSランク冒険者として平穏に過ごす ～前世が賢者で英雄だったボクは来世では地味に生きる～　●異世界賢者の転生無双 ～ゲームの知識で異世界最強～
●悪役令嬢の矜持 ～婚約者を奪い取って義姉を追い出した私は、どうやら今から破滅するようです。～　●落第賢者の学院無双 ～二度目の転生、Sランクチート魔術師冒険録～　他

SQEXノベル

悪役令嬢の矜持 1
～私の破滅を対価に、最愛の人に祝福を。～

著者
メアリー＝ドゥ
イラストレーター
久賀フーナ

2023年3月7日　初版発行
2024年9月6日　2刷発行

発行人
松浦克義

発行所
株式会社スクウェア・エニックス
〒160－8430
東京都新宿区新宿6－27－30　新宿イーストサイドスクエア
（お問い合わせ）スクウェア・エニックス　サポートセンター
https://sqex.to/PUB

印刷所
TOPPANクロレ株式会社

担当編集
齋藤芙嵯乃

装幀
世古口敦志、清水朝美（coil）

ISBN978-4-7575-8462-4　C0093　Printed in Japan